Philip Roth
Empörung

Philip Roth
Empörung

Roman

Aus dem Amerikanischen von
Werner Schmitz

Büchergilde Gutenberg

Die amerikanische Originalausgabe erschien 2008
unter dem Titel *Indignation* bei Houghton Mifflin in Boston.

Lizenzausgabe für die Büchergilde Gutenberg,
Frankfurt am Main, Zürich, Wien
www.buechergilde.de
Mit freundlicher Genehmigung
des Carl Hanser Verlags, München
© Philip Roth 2008
Alle Rechte der deutschen Ausgabe
Carl Hanser Verlag München 2009
Satz: Satz für Satz. Barbara Reischmann, Leutkirch
Druck und Bindung: CPI – Ebner & Spiegel, Ulm
Printed in Germany
ISBN 978-3-7632-6243-4

Für K. W.

Olaf (auf dem was einst Knie waren)
wiederholt schier unablässig
»nicht jeden Mist fress ich«

E. E. Cummings,
»i sing of Olaf glad and big«

Unter Morphium

Ungefähr zweieinhalb Monate nachdem die gutausgebildeten, von den Sowjets und den chinesischen Kommunisten mit Waffen ausgerüsteten Divisionen Nordkoreas am 25. Juni 1950 über den 38. Breitengrad vorgedrungen waren und mit dem Einmarsch in Südkorea das große Leid des Koreakriegs begonnen hatte, kam ich aufs Robert Treat, ein kleines College in Newark, benannt nach dem Mann, der die Stadt im siebzehnten Jahrhundert gegründet hatte. Ich war das erste Mitglied unserer Familie, das nach höherer Bildung strebte. Keiner meiner Vettern hatte es über die Highschool hinaus geschafft, und weder mein Vater noch seine drei Brüder hatten die Grundschule beendet. »Ich habe für Geld gearbeitet«, erzählte mir mein Vater, »seit ich zehn Jahre alt war.« Er hatte eine kleine Metzgerei, für die ich während der ganzen Highschool-Zeit auf meinem Fahrrad Bestellungen auslieferte, jedoch nicht in der Baseball-Saison und an den Nachmittagen, an denen ich als Mitglied des Debattierclubs an Wettkämpfen mit anderen Schulen teilnehmen musste. Praktisch von dem Tag an, als ich das Geschäft verließ – wo ich zwischen meinem Highschool-Abschluss im Januar und dem Beginn des Colleges im September Sechzig-Stunden-Wochen für ihn gearbeitet hatte –, praktisch von dem Tag an, als ich am Robert Treat zu studieren anfing, hatte mein Vater Angst, dass ich sterben würde. Vielleicht hatten seine Befürchtungen etwas mit dem

Krieg zu tun, in den die Armee der Vereinigten Staaten unter Schirmherrschaft der Vereinten Nationen eingetreten war, um die Bemühungen der schlechtausgebildeten und unzureichend ausgerüsteten südkoreanischen Armee zu unterstützen; vielleicht hatten sie etwas mit den schweren Verlusten zu tun, die unsere Truppen im Kampf gegen die Feuerkraft der Kommunisten erlitten; vielleicht fürchtete er, dass ich, falls der Konflikt sich ebenso lang hinziehen sollte wie der Zweite Weltkrieg, eines Tages eingezogen und auf dem südkoreanischen Schlachtfeld sterben würde, wie meine Vettern Abe und Dave im Zweiten Weltkrieg gestorben waren. Vielleicht aber waren seine Befürchtungen auch finanzieller Natur: ein Jahr zuvor war nur wenige Straßen von unserem koscheren Metzgerladen entfernt der erste Supermarkt des Viertels eröffnet worden, und seither waren unsere Umsätze stetig zurückgegangen, teils weil die Fleisch- und Geflügelabteilung des Supermarkts die Preise meines Vaters unterbot, teils weil die Zahl der Familien, die auf eine koschere Lebensführung Wert legten und koscheres Fleisch und Geflügel nur in einem Laden kauften, der das Placet des Rabbiners hatte und dessen Inhaber Mitglied des Verbands koscherer Metzger von New Jersey war, nach dem Krieg stark abgenommen hatte. Oder aber er hatte Angst um mich, weil er um sich selbst Angst hatte, denn mit fünfzig Jahren wurde dieser stämmige kleine Mann, nachdem er sich ein Leben lang einer robusten Gesundheit erfreut hatte, zunehmend von einem beharrlichen Husten gequält, der ihn zum Leidwesen meiner Mutter jedoch nicht davon abhielt, auch weiterhin den ganzen Tag lang mit einer glimmenden Zigarette im Mundwinkel herumzulaufen. Was auch immer hinter der abrupten Veränderung seines zuvor so gütigen väterlichen Verhaltens stecken mochte, ob ein einzelner Grund oder eine Kombination mehrerer Gründe, jedenfalls äußerten sich seine Befürchtungen darin, dass er sich Tag und Nacht nach meinem Verbleib erkundigte. Wo warst du? Warum warst du nicht zu Hause? Kannst du mir nicht sagen, wo du hingehst, wenn du das Haus verlässt? Du bist jung und hast eine großartige Zukunft vor dir – wie soll ich wissen, dass du nicht irgendwo hingehst, wo du getötet werden könntest?

Diese Fragen waren absurd, da ich auf der Highschool immer ein vernünftiger, verantwortungsbewusster, fleißiger, sehr guter Schüler gewesen war, der nur mit den nettesten Mädchen ausging, ein engagiertes Mitglied des Debattierclubs und ein vielseitig einsetzbarer Infielder der Schul-Baseballmannschaft, ein junger Mensch, der sich gern in die Normen seines Viertels und seiner Schule fügte. Außerdem waren diese Fragen irritierend – als habe der Vater, dem ich in all diesen Jahren so nahe gewesen war, an dessen Seite ich im Laden praktisch aufgewachsen war, plötzlich keine Vorstellung mehr davon, wer oder was sein Sohn eigentlich war. Im Laden entzückten die Kunden ihn und meine Mutter immer wieder, wenn sie ihnen sagten, was für eine Freude es sei, den Kleinen zu sehen, dem sie gern Kekse mitbrachten – damals, als sein Vater ihm öfter mal fettiges Fleisch zum Spielen gab, das er, freilich mit einem stumpfen Messer, wie ein »großer Metzger« zerkleinern durfte –, was für eine Freude, ihn zu einem wohlerzogenen, höflichen jungen Mann heranwachsen zu sehen, der das Rindfleisch für sie durch den Wolf drehte, der das Sägemehl auf dem Fußboden ausstreute und zusammenfegte und pflichtbewusst die restlichen Federn von den Hälsen der an Haken an der Wand entlang aufgehängten Hühner rupfte, wenn sein Vater ihm zurief: »Machst du bitte für Mrs. Soundso zwei Hühnchen fertig, Markie?« In den sieben Monaten vor dem College ließ er mich mehr als Fleisch hacken und Hühnchen rupfen. Er brachte mir bei, wie man ein Lammkarree auslöst und daraus Koteletts schneidet, wie man die einzelnen Rippen auslöst und wie man, unten angekommen, den Rest mit dem Hackmesser abtrennt. Und immer war er bei diesen Lektionen die Ruhe selbst. »Solange du mit dem Hackmesser nicht deine Hand triffst, ist alles in Ordnung«, sagte er. Er brachte mir bei, mich mit unseren anspruchsvolleren Kunden in Geduld zu üben, insbesondere mit denen, die das Fleisch aus allen Blickwinkeln betrachten wollten, bevor sie es kauften, mit Leuten, denen ich das Huhn so hinzuhalten hatte, dass sie ihm buchstäblich ins Arschloch sehen konnten, um auch ganz sicher zu sein, dass es sauber war. »Du ahnst ja nicht, was manche dieser Frauen dich anstellen lassen, bevor sie ihr Huhn kaufen«, sagte er. Und dann machte er sie nach: »›Drehen Sie es um. Nein, *ganz* herum. Zeigen Sie mir das Hinterteil.‹« Ich musste die Hühner nicht nur rupfen, sondern auch ausnehmen. Dazu schlitzt man den Hintern ein wenig auf, schiebt die Hand hinein, packt die Eingeweide und zieht sie raus. Eine sehr unangenehme Arbeit. Ekelhaft, widerlich, aber es musste ja getan werden. Das habe ich von meinem Vater gelernt, und ich habe es gern von ihm gelernt: Dass man tut, was zu tun ist.

Unser Geschäft lag an der Lyons Avenue in Newark, einen Block vom Beth Israel Hospital entfernt, und im Schaufenster hatten wir eine breite, leicht nach vorn geneigte Fläche für das Eis. Regelmäßig kauften wir von einem Lieferanten gehacktes Eis, verteilten es dort und legten unser Fleisch so darauf aus, dass die Leute es im Vorbeigehen sehen konnten. In den sieben Monaten vor dem College, die ich ganztags im Geschäft arbeitete, dekorierte ich das Schaufenster für ihn. »Marcus ist der Künstler«, sagte mein Vater, wenn Kunden sich zu der Auslage äußerten. Ich legte dort alles hinein. Ich legte Steaks hinein, ich legte Hühnchen hinein, ich legte Lammhaxen hinein – alles, was wir anzubieten hatten, ordnete und arrangierte ich in unserem Schaufenster zu »künstlerischen« Mustern. Das Ganze schmückte ich mit Farnwedeln, die ich aus dem Blumenladen gegenüber dem Krankenhaus besorgte. Und ich schnitt und hackte und verkaufte nicht nur Fleisch und dekorierte das Schaufenster mit Fleisch, sondern in diesen sieben Monaten, in denen ich als sein Handlanger meine Mutter vertrat, begleitete ich meinen Vater frühmorgens auf den Großmarkt und lernte dort auch, Fleisch einzukaufen. Er fuhr dort einmal die Woche hin, um fünf, halb sechs Uhr morgens, denn wenn man selbst auf den Markt ging und das Fleisch aussuchte und zu seinem Laden transportierte und dort im Kühlraum lagerte, sparte man den Aufpreis für die Lieferung. Wir kauften ein ganzes Rinderviertel, und wir kauften ein Vorderviertel vom Lamm für Lammkoteletts, und wir kauften ein Kalb, und wir kauften Rinderlebern, und wir kauften ein paar Hühner und Hühnerlebern, und da wir auch dafür Kunden hatten, kauften wir auch Hirn. Wir öffneten den Laden um sieben Uhr morgens und arbeiteten bis sieben, acht Uhr abends. Ich war siebzehn, jung, eifrig und voller Energie, aber um fünf war ich fix und fertig. Und er, er war noch immer bei Kräften, warf sich hundert Pfund schwere Viertel über die Schultern, schritt damit hinein und hängte sie an den Haken im Kühlraum auf. Und er schwang Hackbeil und Messer und schnitt und zerteilte, und um sieben Uhr abends, wenn ich schon fast zusammenbrach, füllte er noch Bestellungen aus. Aber es war meine Aufgabe, als letztes, bevor wir nach Hause gingen, die Metzgerblöcke zu säubern, sie mit Sägemehl zu bestreuen und dann mit der Eisenbürste abzuschrubben, und immer gelang es mir nur unter Aufbietung meiner letzten Kräfte, das Blut wegzukratzen, damit der Laden koscher blieb.

In der Rückschau erscheinen mir diese sieben Monate als eine wunderbare Zeit – wunderbar bis auf das Ausnehmen der Hühner. Und selbst das war auf seine Weise wunderbar, weil es etwas war, was man tat, und zwar gewissenhaft, an dem einem gar nichts lag. Man lernte also etwas, wenn man das tat. Und ich lernte gern – mehr davon! Und ich hatte meinen Vater gern, und er mich – mehr als jemals zuvor. Im Laden machte ich uns zu essen, ihm und mir. Wir aßen dort nicht nur, wir bereiteten dort auch unser Essen zu, auf einem kleinen Grill im Hinterzimmer, dort, wo wir auch das Fleisch zerteilten und zum Verkauf fertig machten. Ich grillte Hühnerleber für uns, ich grillte kleine Steaks für uns, und nie waren wir beide glücklicher miteinander. Und doch fing nur wenig später der zerstörerische Kampf zwischen uns an: Wo warst du? Warum warst du nicht zu Hause? Kannst du mir nicht sagen, wo du hingehst, wenn du das Haus verlässt? Du bist jung und hast eine großartige Zukunft vor dir – wie soll ich wissen, dass du nicht irgendwo hingehst, wo du getötet werden könntest?

Im Herbst begann ich das erste Semester am Robert Treat, und jedesmal, wenn mein Vater unsere Vorder- und Hintertür doppelt abgeschlossen hatte und ich, wenn ich abends zwanzig Minuten später nach Hause kam, als er gedacht hatte, mit meinen Schlüsseln weder die eine noch die andere zu öffnen vermochte und erst laut klopfen musste, um Einlass zu finden, glaubte ich, dass er verrückt geworden war.

Und das stimmte: verrückt vor Sorge, dass sein zärtlich geliebtes einziges Kind ebensowenig auf die Gefahren des Lebens vorbereitet war wie jeder andere, der ins Mannesalter eintrat, verrückt ob der beängstigenden Feststellung, dass ein kleiner Junge heranwächst, größer wird, seine Eltern in den Schatten stellt und dass man ihn dann nicht mehr halten kann, dass man ihn der Welt überlassen muss.

Nach nur einem Jahr verließ ich das Robert Treat. Ich verließ das College, weil mein Vater plötzlich den Glauben daran verloren hatte, dass ich auch nur allein die Straße überqueren konnte. Ich verließ das College, weil die Überwachung durch meinen Vater unerträglich geworden war. Dieser sonst so gelassene Mann, der nur selten aus der Haut fuhr, machte bei der Aussicht auf meine Selbständigkeit den Eindruck, als sei er fest entschlossen, Gewalt anzuwenden, sollte ich es wagen, ihn im Stich zu lassen, während ich – dessen Fähigkeiten als kaltblütiger Logiker mich in der Highschool zur tragenden Säule des Debattierclubs gemacht hatten – angesichts seiner Beschränktheit und Unvernunft vor Enttäuschung nur noch heulen konnte. Ich musste von ihm weg, bevor ich ihn noch umbrachte – wie ich ungestüm meiner verzweifelten Mutter erklärte, die ihren Einfluss auf ihn ebenso unerwartet verloren hatte wie ich meinen.

Eines Abends kam ich gegen halb zehn mit dem Bus aus der Stadt nach Hause. Ich war in der Hauptfiliale der Newark Public Library gewesen, da das Robert Treat nicht über eine eigene Bibliothek verfügte. Ich hatte das Haus morgens um halb neun verlassen und den ganzen Tag am College verbracht, und meine Mutter empfing mich mit den Worten: »Dein Vater ist losgegangen, um dich zu suchen.« »Wie bitte? Wo sucht er mich denn?« »Im Billardsalon.« »Aber ich kann doch gar nicht Billard spielen. Was denkt er sich? Ich habe gelernt, Herrgott noch mal. Ich habe einen Aufsatz geschrieben. Ich habe gelesen. Was glaubt er eigentlich, was ich Tag und Nacht mache?« »Er hat mit Mr. Pearlgreen über Eddie gesprochen, und das hat ihn völlig aus der Fassung gebracht.« Eddie Pearlgreen, dessen Vater unser Klempner war, hatte mit mir zusammen die Highschool besucht und war dann nach Panzer in East Orange gegangen, um am dortigen College Sportpädagogik zu studieren. Wir hatten schon als Kinder miteinander Baseball gespielt. »Ich bin nicht Eddie Pearlgreen«, sagte ich, »ich bin ich.« »Aber weißt du, was er getan hat? Ohne jemandem ein Wort zu sagen, ist er mit dem Auto seines Vaters nach Pennsylvania gefahren, nach Scranton, um dort in irgendeinem besonderen Salon Billard zu spielen.« »Aber Eddie ist ein As am Billardtisch. Wundert mich gar nicht, dass er nach Scranton gefahren ist. Eddie denkt schon morgens beim Zähneputzen ans Billardspielen. Würde mich nicht wundern, wenn er zum Mond fliegen würde, um Billard zu spielen. Wenn Eddie mit Leuten spielt, die ihn nicht kennen, tut er zuerst so, als sei er auch nicht besser als sie, und dann spielen sie um fünfundzwanzig Dollar pro Runde, und er nimmt sie nach Strich und Faden auseinander.« »Mr. Pearlgreen sagt, er wird noch als Autodieb enden.« »Ach, Mutter, das ist doch lächerlich. Egal, was Eddie treibt, es hat doch nichts mit mir zu tun. Werde *ich* als Autodieb enden?« »Natürlich nicht, mein Junge.« »Ich bin nicht wie Eddie, ich mag dieses Spiel nicht, ich mag diese ganze Atmosphäre nicht. Diese Halbwelt interessiert mich nicht, Ma. Mich interessieren Dinge, die wichtig sind. In einen Billardsalon würde ich nicht mal einen Blick werfen. Hör mir gut zu, ich werde nicht noch einmal erklären, was ich bin und was ich nicht bin. Ich werde mich nicht noch einmal erklären. Ich werde niemandem mehr meine Eigenschaften aufzählen, und mein verdammtes Pflichtgefühl werde ich auch nicht mehr erwähnen. Ich werde mir seinen absurden Mist nicht ein einziges Mal mehr gefallen lassen!« Wie aufs Stichwort trat in diesem Augenblick mein Vater durch die Hintertür ins Haus; er stank nach Zigarettenrauch und war immer noch außer sich, jetzt allerdings nicht, weil er mich in einem Billardsalon gefunden hatte, sondern weil er mich dort nicht gefunden hatte. Nie wäre er auf die Idee gekommen, in die Stadt zu fahren und mich in der Bibliothek zu suchen – und zwar deshalb, weil man in der Bibliothek nicht mit einem Queue verprügelt wird, wenn man seine Mitspieler über seine wahren Fähigkeiten getäuscht hat, und weil dort auch niemand mit dem Messer auf einen losgeht, wenn man ein vom Lehrer aufgegebenes Kapitel aus Gibbons *Verfall und Untergang des Römischen Imperiums* liest, wie ich es seit sechs Uhr an diesem Abend getan hatte.

»*Hier* steckst du also«, stellte er fest. »Ja. Schon seltsam, oder? Zu Hause. Ich schlafe hier. Ich wohne hier. Ich bin dein Sohn, weißt du noch?« »Ach ja? Ich habe überall nach dir gesucht.« »Warum? Warum? Kann mir bitte mal einer erklären, warum ›überall‹?« »Weil, falls dir was zustoßen sollte – falls dir jemals etwas zustoßen sollte –« »Aber mir wird nichts zustoßen. Dad, ich bin nicht diese Landplage Eddie Pearlgreen!

Ich spiele nicht Billard! Mir wird nichts zustoßen.«»Ich weiß, dass du nicht er bist, Herrgott. Ich weiß besser als jeder andere, dass ich Glück gehabt habe mit meinem Sohn.«»Worum geht es denn dann, Dad?«»Es geht um das Leben, wo der kleinste Fehltritt tragische Folgen haben kann.«»O Gott, du redest wie ein Glückskeks.«»Tu ich das? Tu ich das wirklich? Nicht wie ein besorgter Vater, sondern wie ein Glückskeks? So hört sich das also an, wenn ich mit meinem Sohn von der Zukunft rede, die vor ihm liegt und die jede Kleinigkeit zerstören kann, jede winzige Kleinigkeit?«»Ach, hör doch endlich auf!« rief ich und lief aus dem Haus und überlegte, wo ich auf die Schnelle ein Auto klauen konnte, um zum Billardspielen nach Scranton zu fahren und mir nebenbei auch gleich einen Tripper zu holen.

Später erfuhr ich von meiner Mutter die ganzen Umstände dieses Tages: dass Mr. Pearlgreen am Morgen vorbeigekommen war, um die Toilette im hinteren Teil unseres Geschäfts zu reparieren, und mein Vater dann bis zum Feierabend über ihr Gespräch nachgegrübelt hatte. Er muss drei Päckchen Zigaretten geraucht haben, so aufgewühlt war er, sagte meine Mutter.»Du ahnst nicht, wie stolz er auf dich ist«, sagte sie. »Jeder Kunde bekommt das zu hören – ›Mein Sohn, nur Einsen in der Schule. Enttäuscht uns nie. Braucht gar nicht in seine Bücher zu sehen – kann das alles so. Nur Einsen.‹ Junge, wenn du nicht dabei bist, lobt er dich über den grünen Klee. Das musst du mir glauben. Du bist sein ganzer Stolz.«»Und wenn ich *dabei* bin, verkörpere ich alle seine verrückten neuen Ängste, und das steht mir bis hier, Ma.« Meine Mutter sagte: »Aber ich habe ihn gehört, Markie. Er hat zu Mr. Pearlgreen gesagt: ›Gott sei Dank muss ich mir bei meinem Sohn keine

Sorgen wegen solcher Dinge machen.‹ Ich war bei ihm im Laden, als Mr. Pearlgreen kam, um die undichte Stelle zu reparieren. Genau das hat er gesagt, nachdem Mr. Pearlgreen ihm von Eddie erzählt hatte. Das waren seine Worte: ›Ich muss mir bei meinem Sohn keine Sorgen wegen solcher Dinge machen.‹ Aber was antwortet Mr. Pearlgreen ihm darauf – und das hat ihn so aus der Fassung gebracht –, er sagt: ›Hören Sie, Messner. Ich mag Sie, Messner, Sie waren gut zu uns, Sie haben meine Frau im Krieg mit Fleisch versorgt, hören Sie auf einen, der Bescheid weiß, weil es ihm selbst passiert ist. Auch Eddie geht aufs College, aber das bedeutet nicht, dass er klug genug ist, sich vom Billard fernzuhalten. Wie haben wir Eddie verloren? Er ist kein schlechter Junge. Und was ist mit seinem jüngeren Bruder – was für ein Beispiel gibt er seinem jüngeren Bruder? Was haben wir falsch gemacht, dass er plötzlich in einem Billardsalon in Scranton auftaucht, drei Stunden von zu Hause? Mit meinem Auto! Woher hat er das Geld fürs Benzin? Vom Billardspielen? Billard! Billard! Hören Sie auf meine Worte, Messner: die Welt wartet nur darauf, Ihnen Ihren Jungen wegzunehmen, die leckt sich schon die Lippen.‹« »Und mein Vater glaubt ihm«, sagte ich. »Mein Vater glaubt nicht, was er sein Leben lang mit eigenen Augen sieht, statt dessen glaubt er, was ihm der Klempner erzählt, der auf den Knien herumrutscht und die Toilette in seinem Laden repariert!« Ich konnte mich nicht mehr bremsen. Er hatte sich von der hingeworfenen Bemerkung eines Klempners verrückt machen lassen! »Ja, Ma«, sagte ich schließlich, als ich schon aus dem Zimmer stürmte, »die winzigsten Kleinigkeiten haben *wirklich* tragische Folgen. Er ist der leibhaftige Beweis dafür!«

Ich wollte weg, wusste aber nicht, wohin. Für mich waren alle Colleges gleich. Auburn. Wake Forest. Ball State. SMU. Vanderbilt. Muhlenberg. Für mich waren das bloß Namen von Football-Teams. Jedes Jahr im Herbst saß ich samstagabends gespannt vorm Radio und lauschte den Ergebnissen der College-Spiele in Bill Sterns Sportsendung, hatte aber kaum eine Vorstellung von den Unterschieden in der wissenschaftlichen Ausrichtung zwischen den teilnehmenden Schulen. Louisiana State 35, Rice 20; Cornell 21, Lafayette 7; Northwestern 14, Illinois 13. *Diese* Unterschiede sagten mir etwas: die Spielergebnisse. Ein College war ein College – dass man eins besuchte und am Ende einen Abschluss machte, war alles, was in einer so weltfremden Familie wie der meinen von Bedeutung war. Ich sollte auf das College in der Stadt gehen, weil es gut zu erreichen war und wir es uns leisten konnten.

Und mir war das recht. Am Anfang meines Erwachsenenlebens, bevor plötzlich alles so kompliziert wurde, besaß ich ein großes Talent darin, mit allem zufrieden zu sein. Das war schon während meiner ganzen Kindheit so, und in meinem ersten Jahr am Robert Treat hatte ich es immer noch in meinem Repertoire. Ich ging mit Begeisterung dorthin. Bald verehrte ich meine Professoren, und Freunde fand ich auch, die meisten von ihnen kamen wie ich aus Arbeiterfamilien und waren mir, was ihren Bildungsstand betraf, kaum oder gar nicht überlegen. Einige waren Juden und mit mir auf die Highschool gegangen, die meisten aber nicht; anfangs fand ich es aufregend, mit ihnen zusammen zu Mittag zu essen, *weil* sie Iren oder Italiener waren – für mich eine ganz neue Kategorie nicht nur von Einwohnern Newarks, sondern von Menschen überhaupt. Und ich fand es aufregend, Kurse am

College zu besuchen; gewiss, das waren Anfängerkurse, aber sie bewirkten etwas in meinem Gehirn, ähnlich wie zu der Zeit, als ich zum erstenmal das Alphabet erblickte. Zudem hatte ich in diesem Frühjahr – nachdem der Trainer mir beigebracht hatte, den Schläger ein wenig höher zu packen und den Ball übers Infield und ins Outfield zu schlagen, statt wie auf der Highschool einfach blindlings drauflos zu schmettern – die Position eines Stammspielers im kleinen Baseball-Team der Erstsemester errungen und spielte als Secondbaseman neben einem Shortstop namens Angelo Spinelli.

Vor allem aber lernte ich; und in jeder Stunde jedes Schultags entdeckte ich etwas Neues, und ebendeshalb gefiel es mir auch, dass das Robert Treat so klein und unauffällig war, eher wie ein Nachbarschaftsclub als ein College. Robert Treat lag ziemlich versteckt am Nordrand der geschäftigen Innenstadt mit ihren Bürogebäuden, Warenhäusern und von Familien betriebenen Spezialgeschäften, eingeklemmt zwischen einem kleinen dreieckigen Park zur Erinnerung an den Unabhängigkeitskrieg, wo sich die verwahrlosten Penner herumtrieben (von denen wir die meisten beim Namen kannten), und dem schlammigen Passaic. Das College bestand aus zwei wenig bemerkenswerten Gebäuden: das eine war eine ehemalige Brauerei, ein rauchgeschwärzter Backsteinbau in der Nähe des Industriegebiets am Flussufer, der nun Klassenzimmer und Labore beherbergte, in denen wir Biologieunterricht bekamen, und das andere, einige Blocks davon entfernt auf der anderen Seite der Hauptdurchgangsstraße der Stadt und gegenüber dem kleinen Park, den wir anstelle eines Campus besaßen – und wo wir mittags saßen und die belegten Brote verzehrten, die wir im Morgengrauen eingepackt hatten, während die Penner neben uns auf der Bank ihre Muskatellerflasche herumgehen ließen –, ein vierstöckiges neoklassizistisches Steingebäude mit Säulen vorm Eingang, das von außen noch genauso aussah wie das Bankhaus, das es in der ersten Hälfte des zwanzigsten Jahrhunderts lange Zeit gewesen war. Darin befanden sich die Verwaltungsräume des Colleges und die behelfsmäßigen Klassenzimmer, in denen Geschichte, Englisch und Französisch von Professoren unterrichtet wurde, die mich nicht mit »Marcus« oder »Markie«, sondern mit »Mr. Messner« anredeten, und deren schriftliche Aufgaben ich jedesmal vorauszuahnen und vor der bestimmten Zeit zu erledigen versuchte. Ich wollte unbedingt erwachsen sein, ein gebildeter, reifer, selbständiger Erwachsener, also genau das, was mein Vater so fürchtete, er, der so unermesslich stolz war auf meinen Fleiß in der Schule und meinen in der Familie einmaligen Status als Collegestudent, auch wenn er mich zur Strafe dafür, dass ich die geringfügigsten Privilegien des jungen Erwachsenenalters auszuprobieren begann, aus unserem Haus aussperrte.

Mein erstes Collegejahr war das beglückendste und zugleich furchtbarste Jahr meines Lebens, und das war der Grund, weshalb ich im Jahr darauf in Winesburg landete, einem kleinen, auf Geisteswissenschaften und Technik spezialisierten College im landwirtschaftlich geprägten Norden von Ohio, achtzehn Meilen vom Erie-See und fünfhundert Meilen entfernt von der doppelt abgeschlossenen Hintertür unseres Hauses. Der malerisch auf einem Hügel gelegene Campus von Winesburg mit seinen hohen, wohlgeformten Bäumen (später erfuhr ich von einer Freundin, dass es sich um Ulmen handelte) und seinen efeuumrankten Innenhöfen hätte den Hintergrund für einen jener farbenfrohen College-Musicalfilme abgeben können, in denen die Studenten nichts als Singen und Tanzen im Kopf haben, statt sich ihren Studien zu widmen. Um mein Studium fern von zu Hause zu finanzieren, musste mein Vater Isaac entlassen, den höflichen, stillen orthodoxen jungen Mann mit Scheitelkäppchen, der nach meinem Eintritt ins College als Gehilfe eingestellt worden war, und meine Mutter, deren Arbeit Isaac nach und nach hätte übernehmen sollen, musste wieder als Vollzeitmitarbeiterin meines Vaters anfangen. Nur so konnten sie über die Runden kommen.

Ich wurde in der Jenkins Hall untergebracht, wo ich erfuhr, dass die drei anderen Jungen, mit denen ich das Zimmer teilen sollte, Juden waren. Das kam mir merkwürdig vor, erstens, weil ich erwartet hatte, im Wohnheim nur einen Zimmergenossen zu haben, und zweitens, weil ich mir von dem Abenteuer, ein College im fernen Ohio zu besuchen, auch die Chance erhofft hatte, unter Nichtjuden zu leben und herauszufinden, wie das war. Meine Eltern hielten dies für einen befremdlichen, wenn nicht gar gefährlichen Wunsch, aber ich als Achtzehnjähriger fand das vollkommen vernünftig. Spinelli, der Shortstop – der wie ich später Jura studieren wollte –, war am Robert Treat mein bester Freund gewesen, und als er mich einmal in den italienischen First Ward der Stadt nach Hause mitgenommen und ich seine Familie kennengelernt, ihr Essen gegessen und sie mit ihrem Akzent reden und auf italienisch herumalbern gehört hatte, war das für mich nicht weniger faszinierend gewesen als der zweisemestrige Einführungskurs in die Geschichte der westlichen Zivilisation, wo der Professor von Stunde zu Stunde ein wenig mehr darüber enthüllte, wie es auf der Welt zugegangen war, bevor ich existierte.

Das Zimmer im Wohnheim war ein muffiger, schlechtbeleuchteter Schlauch mit abgenutztem Holzfußboden, zweistöckigen Etagenbetten an den beiden Schmalseiten und vier klobigen, zerschrammten Schreibtischen an den tristen grünen Wänden. Ich nahm die Koje unter dem bereits von einem schlaksigen, bebrillten schwarzhaarigen Jungen besetzten Bett, der Bertram Flusser hieß. Als ich mich ihm vorstellen wollte, machte er sich nicht die Mühe, mir die Hand zu geben, sondern bedachte mich mit einem Blick, als gehörte ich einer Spezies an, die ihm bisher zum Glück noch nie über den Weg gelaufen war. Die anderen beiden musterten mich ebenfalls, aber keineswegs geringschätzig, und als ich mich ihnen vorstellte, erwiderten sie das auf eine Weise, die mich halbwegs davon überzeugte, dass es sich bei Flusser um eine Ausnahme handelte. Alle drei hatten Englisch als Hauptfach und arbeiteten in der Theatergruppe des Colleges mit. Keiner von ihnen war in einer Verbindung.

Es gab auf dem Campus zwölf Verbindungen, aber nur zwei davon nahmen Juden auf: eine kleine, rein jüdische Verbindung mit etwa fünfzig Mitgliedern und eine etwa halb so große, konfessionell nicht gebundene, gegründet von einer Handvoll Idealisten, die jeden aufnahmen, den sie bekommen konnten. Die übrigen zehn waren ausschließlich männlichen weißen Christen vorbehalten, eine Regelung, die auf einem Campus, der so viel Wert auf Tradition legte, niemand als provozierend empfinden konnte. Die beeindruckenden christlichen Verbindungshäuser mit ihren Feldsteinfassaden und schlossartigen Eingangsportalen beherrschten die von Bäumen gesäumte Buckeye Street, in deren Mitte sich ein kleiner Park mit einer Kanone aus dem Bürgerkrieg befand, die einer jedem Neuling gegenüber wiederholten schlüpfrigen Bemerkung zufolge jedesmal losdonnerte, wenn eine Jungfrau vorbeiging. Die Buckeye Street führte vom Campus durch die Straßen der Wohngebiete mit ihren großen Bäumen und gepflegten alten Holzhäusern zur Main Street, der einzigen Geschäftsstraße der Stadt, die sich über vier Blocks hinweg von der Brücke über den Wine Creek am einen Ende bis zum Bahnhof am anderen Ende erstreckte. Das auffälligste Gebäude der Main Street war das New Willard House, das Gasthaus, in dessen Schankraum sich an Football-Wochenenden ehemalige Studenten trafen, um in angeheiterter Stimmung von ihren Collegezeiten zu schwärmen, und wo ich durch die Stellenvermittlung des Colleges einen Job bekam und an Freitag- und Samstagabenden für den Mindestlohn von fünfundsiebzig Cent die Stunde plus Trinkgeld als Kellner arbeitete. Das gesellschaftliche Leben der rund zwölfhundert Collegestudenten spielte sich hauptsächlich hinter den wuchtigen, mit Ziernägeln beschlagenen schwarzen Türen der Verbindungshäuser und auf den weiten grünen Rasenflächen dahinter ab – wo man praktisch bei jedem Wetter zwei oder drei Jungen sehen konnte, die sich einen Football zuwarfen.

Mein Zimmergenosse Flusser hatte für alles, was ich sagte, nur Verachtung übrig und machte sich gnadenlos über mich lustig. Wenn ich versuchte, freundlich zu ihm zu sein, nannte er mich Märchenprinz. Wenn ich ihn bat, mich in Ruhe zu lassen, sagte er: »So ein großer Junge, und so dünnhäutig.« Abends, wenn ich schon im Bett lag, musste er unbedingt Beethoven auf seinem Plattenspieler spielen – in einer Lautstärke, die meine anderen beiden Zimmergenossen nicht so zu stören schien wie mich. Ich hatte von klassischer Musik keine Ahnung, sie gefiel mir auch nicht besonders, und außerdem brauchte ich meinen Schlaf, falls ich den Wochenendjob weitermachen und auch hier die Noten bekommen wollte, die mir am Robert Treat in den zwei Semestern, die ich dort war, besonderes Lob eingebracht hatten. Flusser selbst stand nie vor Mittag auf, auch nicht, wenn er Unterricht hatte, und von seinem stets ungemachten Bett hingen die nachlässig zurückgeschlagenen Decken weit über die Kante, so dass ich von meiner Koje aus kaum etwas vom Zimmer sehen konnte. Das Leben in solcher Nähe zu ihm war noch schlimmer als das Zusammenleben mit meinem Vater während meines ersten Collegejahrs – mein Vater hatte wenigstens den ganzen Tag in der Metzgerei verbracht und sich, wenn auch übertrieben, um mein Wohlergehen gesorgt. Meine drei Zimmergenossen wirkten an der für den Herbst geplanten Aufführung von *Was ihr wollt* mit, einem Stück, von dem ich noch nie gehört hatte. An der Highschool hatte ich *Julius Cäsar* gelesen, am Robert Treat im Einführungskurs Englische Literatur *Macbeth*, und das war's. Flusser sollte in *Was ihr wollt* eine Figur namens Malvolio spielen, und wenn er abends nicht gerade zu später Stunde Beethoven hörte, lag er in der Koje über mir und rezitierte laut seinen Text. Manchmal stolzierte er auch im Zimmer umher und übte seinen Schlusssatz: »Ich räche mich an eurer ganzen Rotte!« Und wenn ich ihn vom Bett aus anflehte: »Flusser, könntest du bitte etwas leiser sein«, wiederholte er, je nach Laune schreiend, kichernd oder bedrohlich flüsternd: »Ich räche mich an eurer ganzen Rotte!«

Schon wenige Tage nach meiner Ankunft auf dem Campus

begann ich mich im Wohnheim nach jemandem umzusehen, der noch ein Bett in seinem Zimmer frei hatte und bereit war, mich als Zimmergenossen aufzunehmen. Die Suche dauerte mehrere Wochen, und irgendwann war ich von Flusser dermaßen genervt, dass ich eines Abends, etwa eine Stunde nachdem ich mich ins Bett gelegt hatte, plötzlich schreiend aufsprang, die Schallplatte von seinem Plattenspieler riss und mit einem Ungestüm, das mir bis dahin vollkommen fremd gewesen war, an die Wand pfefferte.

»Du hast soeben das Quartett Nummer sechzehn in F-Dur zerstört«, sagte er, blieb aber ungerührt da oben auf seiner Koje sitzen, wo er, noch vollständig bekleidet und in seinen Schuhen, eine Zigarette rauchte.

»Mir doch egal! Ich will jetzt endlich schlafen!«

Inzwischen hatte einer der beiden anderen die nackten Deckenlampen eingeschaltet. Beide waren aus ihren Betten gestiegen und standen in ihren Unterhosen da, gespannt, was jetzt wohl passieren würde.

»So ein netter, höflicher kleiner Junge«, sagte Flusser. »So proper. So aufrecht. Geht ein wenig unbesonnen mit fremdem Eigentum um, ist ansonsten aber durchaus bereit, ein Mensch zu sein.«

»Was ist falsch daran, ein Mensch zu sein?«

»Alles«, erwiderte Flusser grinsend. »Menschen stinken zum Himmel.«

»*Du* stinkst!« schrie ich. »Du, Flusser! Du duschst nicht, du wechselst deine Kleider nicht, du machst dein Bett nicht – du nimmst überhaupt keine Rücksicht auf die anderen! Entweder brüllst du um vier Uhr morgens Theaterstücke, oder du hörst mit voller Lautstärke Musik!«

»Ich bin eben nicht so ein netter Junge wie du, Marcus.« Jetzt meldete sich endlich einer der anderen zu Wort. »Reg dich ab«, sagte er zu mir. »Er ist halt eine Nervensäge. Nimm ihn nicht so ernst.«

»Aber ich brauche meinen Schlaf!« rief ich. »Ich kann nicht arbeiten, wenn ich nicht geschlafen habe! Ich will nicht auch noch krank werden, Herrgott noch mal!«

»Krank werden«, sagte Flusser und fügte seinem Grinsen ein spöttisches Kichern hinzu, »das wäre das einzig Richtige für dich.«

»Er ist verrückt!« schrie ich die beiden anderen an. »Alles, was er sagt, ist verrückt!«

»Du zerstörst Beethovens Quartett in F-Dur«, sagte Flusser, »und *ich* bin verrückt.«

»Hör jetzt auf, Bert«, sagte einer der beiden anderen. »Halt die Klappe und lass ihn schlafen.«

»Nach dem, was dieser Barbar mit meiner Platte gemacht hat?«

»Sag ihm, du ersetzt ihm die Platte«, sagte der Junge zu mir. »Sag ihm, du gehst in die Stadt und kaufst ihm eine neue. Na los, sag's ihm, damit wir alle wieder schlafen können.«

»Ich kauf dir eine neue«, sagte ich, kochend vor Wut über diese Ungerechtigkeit.

»Danke«, sagte Flusser. »Recht vielen Dank. Du bist wirklich ein netter Junge, Marcus. Tadellos. Marcus, der stets gewaschene, ordentlich angezogene Junge. Am Ende tust du das Rechte, genau wie Mama Aurelius es dir beigebracht hat.«

Ich ersetzte ihm die Platte von dem Geld, das ich beim Kellnern im Schankraum des Gasthauses verdiente. Der Job gefiel mir nicht. Die Arbeitszeit war viel kürzer als bei meinem Vater in der Metzgerei, und doch erwies sich die Arbeit aufgrund des Lärms, der exzessiven Trinkerei und des allgegenwärtigen Gestanks von Bier und Zigaretten als aufreibender und auf ihre Weise als ebenso unappetitlich wie die schlimmsten Dinge, die ich in der Metzgerei zu tun gehabt hatte. Ich selbst trank weder Bier noch sonst irgend etwas Alkoholisches, ich hatte nie geraucht, und ich hatte noch nie versucht, durch Brüllen und Singen aus vollem Hals Eindruck auf Mädchen zu machen – wie es eine Reihe von Zechern taten, die an Freitag- oder Samstagabenden ihre Bräute mitbrachten. Nahezu wöchentlich wurden im Schankraum »Nadel«-Partys veranstaltet, auf denen die inoffizielle Verlobung eines Winesburger Jungen mit einem Winesburger Mädchen gefeiert wurde; dabei überreichte er ihr seine Verbindungsnadel, die sie dann im Unterricht an Pullover oder Bluse zu tragen hatte. Im ersten Collegejahr genadelt, im letzten Collegejahr verlobt, gleich nach dem Examen verheiratet – das waren die unschuldigen Ziele, die von den meisten Winesburger Jungfrauen während meines eigenen jungfräulichen Aufenthalts dort verfolgt wurden.

Hinter dem Gasthaus und den angrenzenden Geschäften an der Main Street gab es eine gepflasterte Gasse, und den ganzen Abend lang verschwanden Studenten durch die Hintertür, entweder um sich zu übergeben oder um im Dunkeln ungestört ihre Freundinnen zu befummeln und allerlei Trokkenübungen zu machen. Damit diese Schäferstündchen nicht ausarteten, kroch etwa alle halbe Stunde ein Streifenwagen mit eingeschaltetem Fernlicht durch die Gasse und scheuchte die nach einer Ejakulation im Freien Lechzenden wieder ins Gasthaus zurück. Mit seltenen Ausnahmen waren die Mädchen von Winesburg entweder robust oder reizlos, und sie alle schienen ganz genau zu wissen, wie man sich anständig zu benehmen hatte (soll heißen, sie schienen nicht zu wissen, wie man sich danebenbenimmt oder wie man überhaupt irgend etwas tut, was als unanständig galt), und wenn sie betrunken waren, lärmten sie nicht wie die Jungen, sondern machten schlapp und erbrachen sich. Selbst diejenigen, die es wagten, durch die Hintertür auf die Gasse zu treten, um mit ihren Freunden zu knutschen, erweckten den Eindruck, wenn sie wieder hereinkamen, als seien sie draußen beim Friseur gewesen. Gelegentlich fand auch ich eines dieser Mädchen reizvoll und versuchte, während ich mit meinen Bierkrügen hin und her eilte, einen Blick auf sie zu erhaschen und sie genauer anzusehen. Und fast jedesmal musste ich feststellen, dass ihr jeweiliger Freund der aggressivste und unausstehlichste Säufer des Abends war. Aber solange ich den Mindestlohn plus Trinkgelder bekam, erschien ich pünktlich jedes Wochenende um fünf, bereitete alles für den Abend vor, arbeitete bis nach Mitternacht, räumte dann auch noch auf und versuchte bei alldem ein professionelles Gebaren an den Tag zu legen, auch wenn die Leute mit den Fingern schnippten, um mich auf sie aufmerksam zu machen, oder gar lautstark nach mir pfiffen und mich eher wie einen Lakaien als einen Kommilitonen behandelten, der auf die Arbeit angewiesen war. Mehrmals glaubte ich in den ersten Wochen zu hören, dass man an den Tischen, wo es besonders laut zuging, mit den Worten »He, Jude! Hierher!« nach mir rief. Ich redete mir aber ein, tatsächlich habe man »He, du! Hierher!« gerufen, und arbeitete einfach weiter, fest entschlossen, mich an die Lektion zu halten, die ich in der Metzgerei von meinem Vater gelernt hatte: Man schlitzt den Arsch auf, schiebt die Hand hinein, packt die Eingeweide und zieht sie raus. Ekelhaft, widerlich, aber es muss getan werden.

Nach meinen Abendschichten im Gasthaus schwappte jedesmal Bier durch alle meine Träume: es tropfte aus dem Hahn in meinem Badezimmer, es rauschte in die Schüssel meiner Toilette, wenn ich spülte, es gluckerte in mein Glas aus den Milchkartons, die ich in der Mensa zu meinen Mahlzeiten trank. In meinen Träumen war der Erie-See, der im Norden an Kanada und im Süden an die Vereinigten Staaten grenzte, nicht mehr der zehntgrößte Süßwassersee der Erde, sondern der größte Biervorrat der Welt, und mir fiel die Aufgabe zu, ihn in Krüge zu füllen und den Kommilitonen aufzutischen, die mich mit ihrem Gebrüll »He, Jude! Hierher!« herumkommandierten.

Schließlich fand ich ein freies Bett in einem Zimmer auf der Etage unter der, wo Flusser mich in den Wahnsinn getrieben hatte, und nachdem ich im Sekretariat die entsprechenden Papiere ausgefüllt hatte, zog ich bei einem höheren Semester der technischen Fakultät ein. Elwyn Ayers jr. war ein strammer, lakonischer, eindeutig nichtjüdischer Junge, ein fleißiger Student, der seine Mahlzeiten im Haus der Verbindung einnahm, wo er Mitglied war, und einen schwarzen viertürigen LaSalle Touring Sedan besaß, Baujahr 1940, das letzte Jahr, wie er mir erklärte, in dem GM dieses großartige Automobil hergestellt hatte. In seiner Kindheit war es das Familienauto gewesen, und jetzt hatte es einen festen Platz hinter dem Haus seiner Verbindung. Nur Studenten im letzten Collegejahr durften Autos besitzen, aber Elwyn schien es lediglich zu brauchen, um an Wochenendnachmittagen stundenlang an dem eindrucksvollen Motor herumzubasteln. Nach dem Abendessen – ich aß meine Makkaroni mit Käse zusammen mit den anderen »Unabhängigen« in der tristen Mensa, während er bei seinen Verbindungskameraden Roastbeef, Schinken, Steaks und Lammkoteletts speiste – saßen wir in unserem Zimmer an zwei Schreibtischen vor derselben kahlen Wand und sprachen den ganzen Abend lang kein Wort miteinander. Wenn wir mit Lernen fertig waren, wuschen wir uns an den Waschbecken im Gemeinschaftsbad am Ende des Flurs, stiegen in unsere Pyjamas, murmelten uns etwas zu und legten uns schlafen, ich in der unteren Koje, Elwyn Ayers jr. in der oberen.

Mit Elwyn lebte es sich fast wie allein. Das einzige Thema, bei dem er sich in Begeisterung reden konnte, waren die Vorzüge des 1940er LaSalle mit seinem gegenüber früheren Modellen verlängerten Radstand und dem größeren Vergaser, der für eine bessere Motorleistung sorgte. Wenn ich beim Lernen mal eine Pause einlegen und mich ein paar Minuten unterhalten wollte, warf er mit seinem trockenen Ohio-Akzent irgendeine sarkastische Bemerkung hin, und schon war jedes Gespräch abgeschnitten. Aber so einsam ich mich als Elwyns Zimmergenosse manchmal fühlte, war ich wenigstens den destruktiven Quälgeist Flusser los und konnte weiter gute Noten sammeln; in Anbetracht der Opfer, die meine Familie brachte, um mich an einem auswärtigen College studieren zu lassen, konnte ich gar nicht anders, als lauter Einsen zu schreiben.

Als angehender Jurastudent mit Hauptfach Politologie hörte ich »Die Grundlagen Amerikanischer Politik und Geschichte bis 1865« sowie die Pflichtvorlesungen in Literatur, Philosophie und Psychologie. Ich hatte mich auch beim ROTC, dem Reserveoffiziersausbildungskorps, angemeldet und ging ziemlich sicher davon aus, dass man mich nach Abschluss des Collegestudiums als Lieutenant nach Korea schikken würde. Der Krieg war inzwischen in ein entsetzliches zweites Jahr eingetreten, eine dreiviertel Million Soldaten, chinesische Kommunisten und Nordkoreaner, starteten regelmäßig Großangriffe, die von den US-geführten Truppen der Vereinten Nationen nach anfänglich schweren Verlusten mit massiven Gegenoffensiven beantwortet wurden. Im Jahr zuvor hatte sich die Front auf der koreanischen Halbinsel mehrmals hin und her bewegt; Seoul, die Hauptstadt Südkoreas, war insgesamt viermal erobert und wieder befreit worden. Im April 1951 hatte Präsident Truman General MacArthur seines Kommandos enthoben, nachdem MacArthur gedroht hatte, mit Bombardements und Blockade gegen das kommunistische China vorzugehen, und im September, als ich nach Winesburg kam, befand sich sein Nachfolger, General Ridgway, in der komplizierten ersten Phase von Waffenstillstandsverhandlungen mit einer kommunistischen Delegation aus Nordkorea; der Krieg schien noch lange nicht vorbei und forderte womöglich weitere Zehntausende amerikanische Tote, Verwundete und Gefangene. Noch nie zuvor hatten amerikanische Soldaten in einem so fürchterlichen Krieg gekämpft; scheinbar immun gegen unsere Feuerkraft, rückten die Chinesen mit einer Angriffswelle nach der anderen gegen unsere Leute vor und zwangen sie zum Grabenkampf mit Bajonetten und bloßen Händen. Die amerikanischen Verluste beliefen sich jetzt schon auf über hunderttausend Mann, viele davon Opfer des eisigen koreanischen Winters, die meisten jedoch Opfer der Überlegenheit der chinesischen Soldaten im Kampf Mann gegen Mann und der Kriegführung bei Nacht. Die nicht selten zu Tausenden angreifenden kommunistischen chinesischen Soldaten kommunizierten nicht per Funk oder Walkie-Talkie – ihr Militär war in mancher Hinsicht noch vorsintflutlich ausgerüstet –, sondern durch Trompetensignale, und nichts, so sagte man, sei furchterregender als der Klang dieser Hörner in stockdunkler Nacht, wenn feindliche Scharen sich hinter die amerikanischen Linien schlichen und mit blanken Waffen über unsere von der Kälte erschöpften Männer herfielen, die sich auf der Suche nach etwas Wärme in ihre Schlafsäcke verkrochen hatten.

Mit MacArthurs Rausschmiss durch Truman hatte sich im Frühjahr zuvor ein Untersuchungsausschuss des Senats befasst, und darüber las ich in den Zeitungen ebenso wie über die Kriegsereignisse, die ich obsessiv verfolgte, seit mir klargeworden war, was ich womöglich zu gewärtigen hatte, sollte der Konflikt noch längere Zeit so hin und her schwappen, ohne dass eine Seite den Sieg für sich beanspruchen konnte. Ich verabscheute MacArthur wegen seines Rechtsextremismus, der den Kampf um Korea zu einem ausgewachsenen Krieg mit China eskalieren zu lassen drohte, vielleicht sogar mit der Sowjetunion, die seit kurzem über die Atombombe verfügte. Eine Woche nach seinem Rauswurf sprach sich MacArthur in einer Rede vor dem Kongress dafür aus, chinesische Luftstützpunkte in der Mandschurei zu bombardieren und

Tschiang Kai-scheks nationalchinesische Streitkräfte in Korea einzusetzen; berühmt wurden seine Abschiedsworte am Ende dieses Auftritts, als er feierlich erklärte, er werde »einfach verschwinden, ein alter Soldat, der versuchte seine Pflicht zu tun, wie Gott ihn diese Pflicht sehen ließ«. Nach dieser Rede wurde der großspurige General mit dem aristokratischen Gebaren, der zu der Zeit schon über siebzig war, von Teilen der republikanischen Partei als Kandidat für die Wahl zum 52. Präsidenten vorgeschlagen. Senator Joseph McCarthy erklärte erwartungsgemäß, der Sturz MacArthurs durch den Demokraten Truman sei »der vielleicht größte Sieg, den die Kommunisten jemals errungen haben«.

Ein Semester ROTC – oder »Militärwissenschaft«, wie der Kurs im Vorlesungsverzeichnis genannt wurde – war für alle Studenten obligatorisch. Um sich als Offizier zu qualifizieren und nach dem Examen für eine zweijährige Dienstzeit als Second Lieutenant beim Transportation Corps in die Armee eintreten zu können, musste man mindestens vier Semester ROTC absolviert haben. Wer nur das eine Pflichtsemester mitmachte, wurde nach dem Examen bloß als gewöhnlicher Rekrut eingezogen und musste damit rechnen, dass er nach der Grundausbildung als gemeiner Infanterist, ausgerüstet mit M-1-Gewehr und Bajonett, in einen koreanischen Schützengraben geschickt wurde, um dort frierend auf das Angriffssignal der Hörner zu warten.

Der militärwissenschaftliche Kurs fand einmal wöchentlich statt, jeweils anderthalb Stunden. Aus pädagogischer Sicht erschien mir das Ganze als kindische Zeitverschwendung. Verglichen mit den anderen Lehrern (die mich auch nicht allzusehr beeindruckten) kam mir der Captain, der als unser Lehrer agierte, geradezu beschränkt vor, und was er uns zu lesen aufgab, war vollkommen uninteressant. »Den Kolben des Gewehrs so auf den Boden stützen, dass der Lauf nach hinten zeigt. Die Spitze des Kolbens parallel zur Fußspitze an den rechten Schuh drücken. Das Gewehr zwischen Daumen und Fingern der rechten Hand festhalten ...« Gleichwohl meldete ich mich zu Prüfungen an und beantwortete Fragen im Unterricht, um sicherzugehen, dass ich auch am ROTC für Fortgeschrittene teilnehmen konnte. Acht ältere Vettern – sieben von meines Vaters und einer von meiner Mutter Seite – hatten im Zweiten Weltkrieg an Kampfhandlungen teilgenommen, zwei von ihnen als gemeine Schützen, die kein Jahrzehnt zuvor gefallen waren, der eine 43 bei Anzio, der andere 44 bei der Ardennenoffensive. Ich glaubte weit bessere Überlebenschancen zu haben, wenn ich als Offizier in die Armee eintrat, vor allem falls es mir auf der Grundlage meiner Collegenoten und meines Ansehens – ich war fest entschlossen, Bester meines Jahrgangs zu werden – gelingen sollte, von den Transporteinheiten (die auch in Kampfgebieten zum Einsatz kamen) zum militärischen Nachrichtendienst zu wechseln, sobald ich einmal bei den Streitkräften angefangen hatte.

Ich wollte alles richtig machen. Wenn ich alles richtig machte, hatte ich meinem Vater gegenüber eine Rechtfertigung für die Kosten, die ich ihm aufbürdete, weil ich in Ohio und nicht in Newark aufs College ging, und meiner Mutter gegenüber dafür, dass sie wieder den ganzen Tag im Geschäft arbeiten musste. Im Zentrum meines Strebens stand der Wunsch, mich von einem starken, unerschütterlichen Vater zu befreien, der plötzlich von unbezwingbarer Angst um das

Wohlergehen eines erwachsenen Sohns erfasst wurde. Obwohl ich mich auf ein Jurastudium vorbereitete, lag mir in Wirklichkeit nicht viel daran, Anwalt zu werden. Ich wusste kaum, was ein Anwalt eigentlich machte. Ich wollte Bestnoten sammeln, ich wollte schlafen, ich wollte nicht mit dem Vater kämpfen, den ich liebte, dessen routinierter Umgang mit den langen, rasiermesserscharfen Klingen und dem schweren Fleischerbeil ihn zum ersten faszinierenden Helden meiner Kindheit gemacht hatte. Immer wenn ich von den Bajonettgefechten gegen die Chinesen in Korea las, stellte ich mir die Messer und Beile meines Vaters vor. Ich wusste, wie mörderisch scharf scharf sein konnte. Und ich wusste, wie Blut aussah: Blut, das am Hals der rituell geschlachteten Hühner verkrustete, das aus Rindfleisch auf meine Hände tropfte, wenn ich ein Rippensteak am Knochen auslöste, das die braunen Papiertüten durchweichte, auch wenn das Fleisch darin in Wachspapier gewickelt war, das in die von zahllosen Beilhieben stammenden Furchen und Kerben des Hackblocks sickerte. Mein Vater trug eine Schürze, die im Nacken und unten am Rücken zugebunden war, und immer war sie blutig, jeden Morgen eine frische Schürze, die nach einer Stunde von oben bis unten mit Blut beschmiert war. Auch meine Mutter war immer mit Blut bedeckt. Einmal, als sie ein Stück Leber in Scheiben schnitt – die einem wegglitschen kann, wenn man sie nicht fest genug auf die Platte drückt –, säbelte sie sich so tief in die Handfläche, dass sie ins Krankenhaus gebracht und mit zwölf schmerzhaften Stichen genäht werden musste. Und auch ich hatte mich, sosehr ich auch immer aufzupassen versuchte, Dutzende Male geschnitten, und wenn man mich dann verarztet hatte, tadelte mich mein Vater, weil ich beim

Arbeiten mit dem Messer mit den Gedanken woanders gewesen war. Ich war mit Blut aufgewachsen – mit Blut und Fett und Wetzsteinen und Schneidmaschinen und amputierten Fingern oder fehlenden Fingergliedern an den Händen meiner drei Onkel ebenso wie denen meines Vaters –, und ich hatte mich nie daran gewöhnt und es niemals gemocht. Der Vater meines Vaters, schon tot, als ich geboren wurde, war ein koscherer Metzger gewesen (er war der Marcus, nach dem man mich benannt hatte, und ihn hatte sein gefährlicher Beruf einen halben Daumen gekostet), genau wie die drei Brüder meines Vaters, Onkel Muzzy, Onkel Shecky und Onkel Artie, von denen jeder in verschiedenen Vierteln Newarks ein ähnliches Geschäft besaß wie wir. Blut auf dem erhöhten Lattenboden hinter den Schaukästen aus Porzellan und Glas, auf den Waagschalen, auf den Wetzsteinen, am Rand der Wachspapierrolle, am Ende des Schlauchs, mit dem wir den Boden des Kühlraums abspritzten – der Geruch von Blut das erste, das mir entgegenschlug, wenn ich meine Onkel und Tanten in ihren Geschäften besuchte. Dieser Geruch frisch geschlachteten Fleischs, bevor es gekocht wird, warf mich jedesmal um. Und als dann Abe, Muzzys Sohn und voraussichtlicher Erbe, bei Anzio fiel, und Dave, Sheckys Sohn und gesetzlicher Erbe, in den Ardennen, waren die überlebenden Messners von *ihrem* Blut durchtränkt.

Anwalt werden, das bedeutete für mich vor allem, so weit wie nur möglich davon wegzukommen, mein Arbeitsleben in einer stinkenden, mit Blut beschmierten Schürze verbringen zu müssen – in einer Schürze, die von Blut, Fett und Fetzen von Innereien starrte, weil man sich ständig die Hände daran abwischte. Ich hatte gern für meinen Vater gearbeitet, wenn es von mir erwartet wurde, und ich hatte gehorsam alles gelernt, was er mir über das Schlachten beibringen konnte. Eins aber konnte er mir nicht beibringen: das Blut zu mögen oder auch nur mit Gleichmut zu betrachten.

Eines Abends, als Elwyn und ich noch lernten, klopften zwei Mitglieder der jüdischen Verbindung bei uns an und fragten, ob ich sie ins Owl begleiten wolle, ein Café, in dem sich vornehmlich Studenten trafen; sie wollten mit mir reden. Ich trat auf den Flur hinaus und machte die Tür hinter mir zu, um Elwyn nicht zu stören. »Ich glaube nicht, dass ich einer Verbindung beitreten möchte«, erklärte ich ihnen. »Das brauchst du auch nicht«, erwiderte der größere der beiden. Er war auch um einiges größer als ich und hatte etwas Gewandtes, Selbstsicheres, Gelassenes an sich, das mich an all diese wundersam liebenswürdigen, nett aussehenden Jungen erinnerte, die an der Highschool immer zu Vorsitzenden des Schülerrats gewählt wurden und deren heiß in sie verliebte Freundinnen selbstredend immer Tambourmajorinnen und Star-Cheerleader waren. Demütigung war für diese Jünglinge ein Fremdwort, während wir anderen ständig darunter zu leiden hatten wie unter einer lästigen Mücke, die sich nicht verscheuchen ließ. Was hatte die Evolution im Sinn, wenn sie nur einen von einer Million Jungen so schuf wie den, der da jetzt vor mir stand? Was für eine Funktion konnte ein dermaßen gutes Aussehen haben, wenn nicht die, auf die Unvollkommenheit aller anderen aufmerksam zu machen? Ich war vom Gott des Äußeren nicht ganz unberücksichtigt geblieben, aber der brutale Maßstab, den dieser Ausbund an Schönheit setzte, machte jeden anderen zu einem Monstrum der Gewöhnlichkeit. Während ich mit ihm redete, musste ich den Blick abwenden, so vollkommen waren seine Züge, so demütigend, so beschämend, so *bedeutsam* war seine Erscheinung. »Komm doch einfach mal bei uns im Haus zum Essen vorbei«, sagte er. »Vielleicht morgen abend? Da gibt es Roastbeef. Du wirst etwas Gutes essen, du lernst die anderen kennen, und ansonsten ergibt sich daraus keinerlei Verpflichtung für dich.« »Nein«, sagte ich. »Ich glaube nicht an Verbindungen.« »Du glaubst nicht daran? Was gibt es da zu glauben oder nicht zu glauben? Wir sind eine Gruppe Gleichgesinnter, wir pflegen Freundschaft und Kameradschaft. Wir treiben gemeinsam Sport, wir machen Partys und Tanzabende, wir nehmen gemeinsam unsere Mahlzeiten ein. Sonst kann es hier schrecklich einsam werden. Du weißt, dass von den zwölfhundert Studenten auf diesem Campus weniger als einhundert Juden sind. Das ist ein recht kleiner Anteil. Wenn du nicht in unsere Verbindung kommst, kannst du als Jude nur noch zu den nicht Konfessionsgebundenen gehen, und deren Verbindung hat, was ihre Einrichtungen und Veranstaltungen angeht, nicht viel zu bieten. Aber ich möchte mich erst einmal vorstellen – ich heiße Sonny Cottler.« Der Name eines normalen Sterblichen, dachte ich. Wie konnte das sein, bei diesen funkelnden schwarzen Augen und diesem Kinn mit dem Grübchen und diesem Helm gewellten dunklen Haars? Und dazu diese selbstsichere und elegante Ausdrucksweise. »Ich bin im letzten Semester«, sagte er. »Ich möchte dich nicht unter Druck setzen. Aber du bist unseren Kameraden hier aufgefallen, und sie sind der Meinung, du könntest eine großartige Bereicherung für uns sein. Weißt du, Juden kommen erst seit kurz vor dem Krieg in nennenswerter Zahl hierher, wir sind also eine relativ neue Verbindung auf diesem Campus, und doch haben wir mehr Stipendienwettbewerbe gewonnen als alle anderen in Winesburg. Wir sind sehr fleißig, viele von uns wollen später Medizin oder Jura studieren. Überleg es dir doch mal, ja? Und ruf mich im Verbindungshaus an, falls du dich entschließt, einmal vorbeizukommen und Hallo zu sagen. Und wenn du zum Essen bleiben willst, um so besser.«

Am nächsten Abend bekam ich Besuch von zwei Mitgliedern der nicht konfessionsgebundenen Verbindung. Der eine war ein schmächtiger blonder Junge, von dem ich nicht wusste, dass er homosexuell war – wie die meisten Heterosexuellen meines Alters konnte ich nicht recht glauben, dass es wirklich Homosexuelle gab –, der andere ein stämmig gebauter, freundlicher Neger, der das Reden übernahm. Er war einer von drei Negern in der gesamten Studentenschaft – im Lehrkörper gab es keinen einzigen. Die anderen beiden Neger waren Mädchen und gehörten einer kleinen, nicht konfessionsgebundenen Studentinnenverbindung an, die sich nahezu ausschließlich aus der winzigen Gruppe jüdischer Mädchen auf dem Campus zusammensetzte. Orientalische Gesichter waren überhaupt nicht vorhanden; nur Weiße und Christen, abgesehen von mir und diesem Neger und ein paar Dutzend anderen. Keinerlei Vorstellung hatte ich davon, wie viele von uns homosexuell waren. Ich hatte nicht einmal mitbekommen, dass Bert Flusser, der doch im Bett direkt über mir geschlafen hatte, homosexuell war. Diese Erkenntnis kam erst später.

Der Neger sagte: »Ich bin Bill Quinby, und das ist der andere Bill, Bill Arlington. Wir sind von Xi Delta, der nicht konfessionsgebundenen Verbindung.«

»Bevor du weitersprichst«, sagte ich, »ich werde in keine Verbindung eintreten. Ich möchte unabhängig bleiben.«

Bill Quinby lachte. »Die meisten unserer Mitglieder sind solche, die in keine Verbindung eintreten wollten. Die meisten unserer Mitglieder denken nicht so wie die gewöhnlichen Studenten hier. Sie sind gegen Diskriminierung, anders als die anderen, die es mit ihrem Gewissen vereinbaren können, Mitglieder von Verbindungen zu sein, die Leute wegen ihrer Hautfarbe oder ihrer Religion nicht bei sich aufnehmen. Du scheinst mir jemand zu sein, der auch so denkt wie wir. Oder irre ich mich?«

»Leute, ich weiß es zu schätzen, dass ihr gekommen seid, aber ich werde in keine Verbindung eintreten.«

»Darf ich fragen, warum?« sagte er.

»Weil ich lieber für mich allein bleiben und lernen möchte«, sagte ich.

Wieder lachte Quinby. »Nun, die meisten unserer Mitglieder möchten ebenfalls für sich allein bleiben und lernen. Komm doch einfach mal bei uns vorbei. Wir sind keine der üblichen Verbindungen hier in Winesburg. Wir sind etwas Besonderes, auch wenn ich das selbst sage – wir sind Außenseiter, die sich zusammengetan haben, weil sie nicht zu den Etablierten zählen und andere Interessen haben als sie. Du scheinst mir jemand zu sein, der sich bei uns wohl fühlen würde.«

Dann ergriff der andere Bill das Wort und sagte so ziemlich das gleiche, was ich am Abend zuvor schon von Sonny Cottler gehört hatte. »Du kannst dich auf diesem Campus schrecklich einsam fühlen, wenn du ganz für dich allein bleibst«, sagte er.

»Das Risiko nehme ich auf mich«, sagte ich. »Ich habe keine Angst vor dem Alleinsein. Ich habe einen Job, und ich habe zu lernen, da bleibt mir nicht viel Zeit, mich einsam zu fühlen.«

»Du gefällst mir«, sagte Quinby mit gutmütigem Lachen. »Dein sicheres Auftreten gefällt mir.«

»Und die Hälfte eurer Mitglieder«, sagte ich, »hat ein ebenso sicheres Auftreten.« Jetzt lachten wir alle drei. Die beiden Bills gefielen mir. Mir gefiel sogar die Vorstellung, einer Verbindung anzugehören, die einen Neger in ihren Reihen hatte – *das* wäre etwas Besonderes, vor allem, wenn ich ihn zum großen Thanksgiving-Essen der Messners nach Newark mitbringen würde –, dennoch sagte ich: »Hört zu, mich interessiert wirklich nur mein Studium. Alles andere kann ich mir nicht leisten. Von meinem Studium hängt alles ab.« Wie so oft an Tagen, wenn die Nachrichten aus Korea besonders düster waren, dachte ich dabei an meine Chance, vom Transportation Corps zum militärischen Nachrichtendienst zu wechseln, wenn ich den Abschluss als Bester meines Jahrgangs schaffte. »Deswegen bin ich hier, und dabei soll es bleiben. Trotzdem, danke.«

Als ich am Sonntagmorgen wie jede Woche per R-Gespräch mit meinen Eltern in New Jersey telefonierte, erfuhr ich zu meiner Überraschung, dass sie von Sonny Cottlers Besuch bei mir wussten. Um zu verhindern, dass mein Vater sich in meine Angelegenheiten einmischte, erzählte ich ihnen bei meinen Anrufen so wenig wie möglich. Hauptsächlich versicherte ich immer nur, dass ich mich wohl fühlte und alles in Ordnung sei. Meine Mutter gab sich damit zufrieden, aber mein Vater fragte jedesmal nach: »Und was gibt es sonst noch?«

Was machst du sonst noch?« »Ich lerne. Ich lerne, und am Wochenende arbeite ich in dem Gasthaus.« »Und was machst du, um dich zu zerstreuen?« »Eigentlich gar nichts. Ich brauche keine Zerstreuung. Für so etwas habe ich keine Zeit.« »Hast du schon ein Mädchen kennengelernt?« »Noch nicht«, sagte ich. »Pass gut auf dich auf«, sagte er. »Mach ich.« »Du weißt, was ich meine«, sagte er. »Ja.« »Sieh zu, dass du nicht in Schwierigkeiten kommst.« Ich antwortete lachend: »In Ordnung.« »So ganz auf dich allein gestellt – mir gefällt das nicht«, sagte mein Vater. »Ich komme gut allein zurecht.« »Und wenn du einen Fehler machst«, sagte er, »und niemand ist da, der dir einen Rat geben und sich um dich kümmern kann – was dann?«

Das war der übliche Gesprächsverlauf, ständig untermalt von seinem trockenen Husten. An diesem Sonntagmorgen jedoch sagte er, kaum dass wir angefangen hatten: »Du hast also Cottler getroffen. Du weißt doch, wer das ist? Seine Tante lebt hier in Newark. Sie ist mit Spector verheiratet, dem das Bürobedarfsgeschäft auf der Market Street gehört. Spector ist sein Onkel. Als wir ihr erzählten, wo du bist, erklärte sie uns, ihr Mädchenname sei Cottler; die Familie ihres Bruders lebt in Cleveland, und ihr Neffe geht auf dasselbe College und ist Vorsitzender der jüdischen Studentenverbindung. Und Vorsitzender des Gemeinsamen Rates der Studentenverbindungen. Ein Jude, und Präsident des Gemeinsamen Rates der Studentenverbindungen. Was sagt man dazu? Donald. Donald Cottler. Alle nennen ihn Sonny, stimmt das?« »Das stimmt«, sagte ich. »Und er hat dich also besucht – wunderbar. Wie ich höre, ist er ein Basketballstar und ein ganz ausgezeichneter Student. Nun, was hat er dir erzählt?« »Er wollte mich für seine Verbindung anwerben.«»Und?«»Ich habe ihm erklärt, dass ich kein Interesse am Verbindungsleben habe.«»Aber seine Tante sagt, er ist ein wunderbarer Junge. Nur Einsen, wie du. Und er sieht sehr gut aus, habe ich gehört.«»Ja, er sieht phantastisch aus«, sagte ich, des Gesprächs allmählich überdrüssig, »einfach hinreißend.«»Was soll das heißen?« fragte er.»Dad, hör auf, mir Leute vorbeizuschicken.«»Aber du bist da draußen doch ganz allein. Bei deiner Ankunft hat man dir drei jüdische Zimmergenossen gegeben – und was tust du? Du ziehst gleich als erstes dort aus, um ein Zimmer mit einem Nichtjuden zu teilen.«»Elwyn ist der perfekte Zimmergenosse. Ruhig, rücksichtsvoll, ordentlich, und fleißig ist er auch. Ich kann mir keinen besseren denken.«»Natürlich, natürlich, ich habe doch nichts gegen ihn. Aber wenn der junge Cottler kommt –«»Dad, ich will mir das nicht mehr anhören.«»Aber wie soll ich wissen, wie es dir geht? Wie soll ich wissen, was du treibst? Du könntest ja sonstwas tun.« »Ich tue nur eins«, sagte ich entschieden. »Ich lerne, ich gehe in den Unterricht. Und ich verdiene ungefähr achtzehn Dollar mit meinem Wochenendjob im Gasthaus.«»Und was wäre falsch daran, an so einem Ort ein paar jüdische Freunde zu haben? Jemand, mit dem man zusammen essen oder ins Kino gehen kann –«»Dad, ich weiß, was ich tue.«»Mit deinen achtzehn Jahren?«»Dad, ich lege jetzt auf. Mom?«»Ja, mein Junge.«»Ich lege auf. Nächsten Sonntag rufe ich wieder an.« »Aber was ist mit dem jungen Cottler –« war das letzte, was ich noch von ihm hörte.

Es *gab* ein Mädchen, auf das ich ein Auge geworfen hatte, jedoch bisher nur von weitem. Sie hatte wie ich im zweiten Jahr das College gewechselt, eine blasse, schlanke Erscheinung mit kastanienbraunem Haar und einem distanzierten, selbstbewussten Auftreten, das mich einschüchterte. Sie nahm wie ich am Kurs Amerikanische Geschichte teil und saß manchmal direkt neben mir, aber da ich nicht riskieren wollte, von ihr gesagt zu bekommen, ich solle sie in Ruhe lassen, hatte ich noch nicht den Mut aufgebracht, sie auch nur mit einem Nikken zu grüßen oder gar anzusprechen. Eines Abends sah ich sie in der Bibliothek. Ich arbeitete an einem Pult zwischen den Regalen oberhalb des Hauptlesesaals; sie saß unten an einem der langen Tische und machte sich eifrig Notizen aus einem Nachschlagewerk. Zwei Dinge fesselten mich. Zum einen der Scheitel ihres wunderschönen Haars. Nie zuvor hatte mich ein Scheitel dermaßen fasziniert. Zum anderen ihr linkes Bein, das sie über das rechte geschlagen hatte und das rhythmisch auf und ab wippte. Ihr Rock bedeckte, wie es damals Mode war, die halbe Wade, trotzdem konnte ich von meinem Platz aus die unaufhörliche Bewegung dieses Beins dort unter dem Tisch gut beobachten. Rund zwei Stunden lang saß sie so da und machte ununterbrochen ihre Notizen, und in dieser ganzen Zeit gab es für mich nichts als die gerade Linie ihres Scheitels und das gleichmäßige Wippen ihres Beins. Nicht zum erstenmal fragte ich mich, wie es sich für ein Mädchen anfühlen mochte, ein Bein auf diese Weise zu bewegen. Sie war in ihre Hausaufgaben vertieft, und ich, mit dem Kopf eines achtzehnjährigen Jungen, wollte nichts anderes als meine Hand unter ihren Rock schieben. Dem heftigen Verlangen, mich auf die Toilette zu verziehen, stand meine Angst entgegen, dort von einem Bibliothekar, einem Lehrer oder gar von einem ehrenhaften Kommilitonen erwischt und der Schule verwiesen zu werden und als gemeiner Schütze in Korea zu landen.

An diesem Abend musste ich bis zwei Uhr morgens an meinem Schreibtisch sitzen – die Tischlampe tief nach unten gebogen, damit Elwyn, der im oberen Bett schlief, nicht geblendet wurde –, um die Hausaufgaben zu machen, die unerledigt geblieben waren, weil mich das schwingende Bein des Mädchens mit den kastanienbraunen Haaren so beschäftigt hatte.

Was dann geschah, als ich mit ihr ausging, übertraf alles, was ich mir in der Toilette der Bibliothek hätte ausmalen können, falls ich es gewagt hätte, mich in eine der Kabinen dort zurückzuziehen, um meine Not wenigstens vorübergehend etwas zu lindern. Die Regeln, an die sich die Mädchen in Winesburg zu halten hatten, hätte mein Vater wahrscheinlich auch mir gern auferlegt. Alle Studentinnen, auch die höheren Semester, mussten sich jedesmal, wenn sie abends das Wohnheim verließen – auch wenn sie nur in die Bibliothek wollten –, beim Pförtner aus- und später wieder eintragen. An Wochentagen durften sie nur bis neun, an Freitagen und Samstagen bis Mitternacht ausgehen, und selbstverständlich war es ihnen nicht erlaubt, die Wohnheime der Jungen zu betreten, auch nicht die Verbindungshäuser, außer zu beaufsichtigten Veranstaltungen; männliche Wesen durften nur in die Mädchenwohnheime, um in dem kleinen Salon dort auf einem mit geblümtem Chintz bezogenen Sofa sitzend auf ihre Flamme zu warten, die von der Aufseherin übers Haustelefon nach unten bestellt wurde; die Aufseherin notierte sich den Namen des jungen Mannes von seinem Studentenausweis, den er unaufgefordert vorzuzeigen hatte. Da außer den höheren Semestern niemand auf dem Campus ein Auto haben durfte – und in einem College mit einer vorwiegend aus der Mittelschicht kommenden Studentenschaft hatten nur wenige der Älteren eine Familie, die ihnen ein Auto und dessen Unterhalt finanzieren konnte –, war es einem Studentenpärchen nahezu unmöglich, irgendwo allein miteinander zu sein. Manche gingen auf den Friedhof und knutschten vor den Grabsteinen oder gar auf den Gräbern selbst; andere begnügten sich mit dem wenigen, was sich im Kino machen ließ; meistens aber wurden die Mädchen nach einem abendlichen Rendezvous an die Stämme der Bäume im dunklen Innenhof zwischen den drei Frauenwohnheimen gedrückt, und auch unter den Ulmen, die den Campus verschönerten, wurden Missetaten begangen, denen die Hausordnung eigentlich Einhalt gebieten sollte. Im allgemeinen ging es selten über Fummeln und Tasten durch etliche Schichten Kleider hinaus, doch unter den Studenten war das Verlangen selbst nach so dürftiger Befriedigung schier grenzenlos. Da Petting ohne Höhepunkt der Evolution ein Greuel ist, konnte der obwaltende Sexualkodex zu physisch äußerst quälenden Zuständen führen. Lang anhaltende Erregung, die sich nicht in einer orgasmischen Entladung lösen konnte, machte aus kräftigen jungen Männern verkrümmt umherhinkende Krüppel, bis der sengende, stechende, krampfartige Schmerz der weitverbreiteten, unter dem Namen blaue Hoden bekannten testikularen Tortur sich nach und nach legte und schließlich ganz verschwand. Samstagabends waren in Winesburg blaue Hoden die Norm, Dutzende fielen diesem Phänomen etwa zwischen zehn und Mitternacht zum Opfer, während die Ejakulation, jenes angenehmste und natürlichste aller Heilmittel, in der erotischen Karriere eines Studenten auf dem Gipfel seiner sexuellen Leistungsfähigkeit ein Ereignis darstellte, das zu erleben ihm verwehrt zu sein schien.

Für mein erstes Rendezvous mit Olivia Hutton lieh mir mein Zimmergenosse Elwyn seinen schwarzen LaSalle. Da es ein Abend mitten in der Woche war, brauchte ich nicht zu arbeiten, aber wir mussten früh anfangen, damit sie rechtzeitig um neun wieder in ihrem Wohnheim sein konnte. Wir fuhren zum L'Escargot, dem schicksten Restaurant in Sandusky County, vom College aus rund zehn Meilen den Wine Creek hinunter. Sie bestellte Schnecken, das Gericht des Tages; ich nicht, und zwar nicht nur, weil ich noch nie welche gegessen hatte und mir nicht vorstellen konnte, wie ich die herunterbringen sollte, sondern auch, weil mir daran lag, die Kosten möglichst niedrig zu halten. Ich ging mit ihr ins L'Escargot, weil sie mir viel zu anspruchsvoll schien für ein erstes Rendezvous im Owl, wo man einen Hamburger, Pommes frites und eine Cola für weniger als fünfzig Cent bekam. Zwar fühlte ich mich im L'Escargot fehl am Platz, aber dieses Gefühl war im Owl sogar noch stärker, denn dort saß man an Tischen zusammengepfercht mit den Mitgliedern aller möglichen Verbindungen und unterhielt sich, soweit ich das beurteilen konnte, hauptsächlich über gesellschaftliche Ereignisse des vergangenen oder kommenden Wochenendes. Von diesen Leuten und ihrer Kumpanei hatte ich schon von meinen Kellnerabenden im Willard die Nase voll.

Sie bestellte Schnecken und ich nicht. Sie kam aus einer wohlhabenden Vorstadt von Cleveland und ich nicht. Ihre Eltern waren geschieden und meine nicht, und dass sie sich je scheiden lassen würden, war völlig ausgeschlossen. Ihr Wechsel vom Mount Holyoke College nach Winesburg hatte mit der Scheidung ihrer Eltern zu tun gehabt, oder jedenfalls behauptete sie das. Und sie war sogar noch hübscher, als ich im Unterricht wahrgenommen hatte. Noch nie hatte ich ihr so lange in die Augen geschaut, dass ich bemerkt hätte, wie groß sie waren. Nie war mir aufgefallen, wie durchsichtig ihre Haut war. Und nie hatte ich es gewagt, ihren Mund so lange zu betrachten, dass ich erkannt hätte, wie voll ihre Oberlippe war und wie aufreizend sie sich vorwölbte, wenn sie bestimmte Wörter aussprach, Wörter, die mit M oder W oder Wh oder S oder Sh begannen, wie etwa die alltägliche Bekräftigung »sure«, die sich bei Olivia auf »purr« reimte, bei mir aber eher auf »cure«.

Nachdem wir uns zehn, fünfzehn Minuten lang unterhalten hatten, griff sie zu meiner Überraschung über den Tisch und berührte meinen Handrücken. »Du bist so angespannt«, sagte sie. »Lass dich ein bisschen gehen.«

»Ich weiß nicht, wie.« Ich gab mir alle Mühe, das in einem harmlosen, scherzhaften Ton zu sagen, aber es stimmte tatsächlich. Ich arbeitete ständig an mir selbst. Ich verfolgte ständig ein Ziel. Bestellungen ausliefern, Hühner rupfen, Metzgerblöcke säubern und aus der Schule lauter Einsen nach Hause bringen – alles, um meine Eltern nicht zu enttäuschen. Den Schläger weiter oben packen, um den Ball zwischen die Infielder und Outfielder der gegnerischen Mannschaft zu schlagen. Vom Robert Treat auf ein anderes College wechseln, um der strengen Aufsicht meines Vaters zu entkommen. In keine Verbindung eintreten, um mich ausschließlich aufs Lernen zu konzentrieren. Das ROTC todernst nehmen, um nicht als Leiche in Korea zu enden. Und jetzt hieß das Ziel Olivia

Hutton. Ich hatte sie in ein Restaurant ausgeführt, wo mich das Essen fast einen halben Wochenlohn kostete, weil ich bei ihr den Eindruck erwecken wollte, ich sei ein ebenso weltgewandter Mensch wie sie; zugleich aber wünschte ich, die Mahlzeit möge enden, bevor sie überhaupt begonnen hatte, damit ich mit Olivia auf dem Beifahrersitz irgendwo hinfahren und sie befummeln konnte. Bis dahin hatten sich meine fleischlichen Erfahrungen ausschließlich auf Fummeln beschränkt. Auf der Highschool hatte ich mit zwei Mädchen gefummelt. Mit beiden war ich jeweils ein knappes Jahr lang zusammengewesen. Nur eine war bereit gewesen, mich ebenfalls zu befummeln. Ich musste Olivia befummeln, weil ich darin die einzige Möglichkeit sah, meine Jungfernschaft zu verlieren, bevor ich meinen Collegeabschluss machte und zur Armee ging. Und das war auch schon das nächste Ziel: ungeachtet aller auf dem Campus eines durchschnittlichen kleinen Colleges im Mittelwesten in den ersten Jahren nach dem Zweiten Weltkrieg noch unvermindert geltenden Anstandsregeln war ich entschlossen, wenigstens einmal Geschlechtsverkehr zu haben, bevor ich starb.

Nach dem Essen fuhr ich über den Campus hinaus zum Stadtrand und hielt an der Straße, die am Friedhof entlangführte. Es war schon kurz nach acht, und mir blieb weniger als eine Stunde, um sie zum Wohnheim zurückzufahren und ins Haus zu bringen, bevor dort für die Nacht abgeschlossen wurde. Ich wusste nicht, wo ich sonst parken sollte, auch wenn ich fürchtete, dass der Streifenwagen, der regelmäßig die Gasse hinter dem Gasthaus befuhr, plötzlich mit eingeschaltetem Fernlicht hinter Elwyns Auto halten könnte, und dann würde einer der Polizisten herankommen, den Strahl seiner Taschenlampe auf den Beifahrersitz richten und fragen: »Alles in Ordnung, Miss?« Das sagten die Polizisten immer, wenn sie das taten, und in Winesburg taten sie es die ganze Zeit.

Ich sorgte mich also wegen der Polizisten und der späten Stunde – zehn nach acht –, als ich den Motor des LaSalle abstellte, mich zu ihr umdrehte und sie küsste. Ohne sich zu zieren, küsste sie mich ebenfalls. Ich redete mir zu: »Vermeide eine Abfuhr – lass es gut sein!« Ein törichter Rat, wie mir auch meine Erektion bestätigte. Behutsam fuhr ich mit einer Hand unter ihre Jacke, knöpfte ihre Bluse auf und betastete ihren BH. Als ich sie durch den Stoff des BHs zu streicheln begann, öffnete sie die Lippen und küsste mich weiter, jetzt mit dem Bonus ihrer Zunge. Ich war allein in einem Auto auf einer unbeleuchteten Straße und bewegte meine Hand unter der Bluse eines Mädchens, dessen Zunge sich in meinem Mund bewegte, genau die Zunge, die allein da unten im Dunkel ihres Mundes lebte und jetzt das leichtfertigste aller Organe zu sein schien. Bis zu diesem Augenblick hatte ich noch niemals eine andere als meine eigene Zunge in meinem Mund gehabt. Allein davon kam es mir schon fast. Das allein reichte schon fast. Aber die Schnelligkeit, mit der sie mich hatte zu Werke schreiten lassen – und diese zuckende, tupfende, gleitende, zähneleckende Zunge, die Zunge, die einem enthäuteten Körper gleicht –, veranlasste mich, ihre Hand zu nehmen und behutsam auf den Schritt meiner Hose zu legen. Und wieder traf ich auf keinen Widerstand. *Es gab keinen Kampf.*

Was dann geschah, gab mir noch wochenlang Rätsel auf. Und selbst als Toten, der ich bin, und zwar seit wer weiß wie lange schon, beschäftigt mich immer noch die Rekonstruktion der Sitten, die damals auf diesem Campus herrschten, und die Rekapitulation der nervösen Bemühungen, mich diesen Sitten zu entziehen, die jene Reihe von Missgeschicken herbeiführten, die zu meinem Tod im Alter von neunzehn Jahren führten. Selbst jetzt (falls »jetzt« noch etwas zu bedeuten hat), jenseits meiner körperlichen Existenz, so lebendig wie ich hier (falls »hier« oder »ich« etwas bedeutet) als pure Erinnerung existiere (falls »Erinnerung« genaugenommen das allumfassende Medium ist, in dem ich als »ich selbst« aufrechterhalten werde), zerbreche ich mir weiter den Kopf über das, was Olivia getan hat. Ist dazu die Ewigkeit da, dass man über die Details eines ganzen Lebens nachgrübelt? Wer hätte sich vorstellen können, dass man sich in alle Ewigkeit an jeden einzelnen Moment seines Lebens bis in die kleinsten Einzelheiten würde erinnern müssen? Oder kann es sein, dass dieses Nachleben nur mir allein beschieden ist, dass jedes Nachleben ebenso einzigartig ist wie jedes Leben überhaupt, jedes ein unauslöschlicher Fingerabdruck von einem Nachleben, das keinem anderen gleicht? Ich habe keine Mittel, das in Erfahrung zu bringen. Wie im Leben kenne ich nur, was ist, und im Tod stellt sich heraus, was ist, ist was war. Man ist an sein Leben nicht nur gefesselt, solange man es lebt, man hat es auch noch am Hals, wenn man gestorben ist. Oder, noch einmal, vielleicht ergeht es nur mir allein so. Wer hätte mir das sagen können? Und wäre der Tod weniger erschreckend gewesen, wenn ich gewusst hätte, dass er kein endloses Nichts ist, sondern pure Erinnerung, die äonenlang über sich selbst nachdenkt? Andererseits ist dieses ewige Erinnern vielleicht nur die Vorstufe des Vergessens. Als Nichtgläubiger nahm ich an, nach dem Tod gebe es keine Uhren mehr, keinen Körper, kein Gehirn, keine Seele, keinen Gott – keine Form, keine Gestalt, nichts Stoffliches, vollkommene Auslöschung. Dass es nicht nur *nicht ohne* Erinnern abgehen würde, sondern dass Erinnern vielmehr das ein und alles wäre, das hatte ich nicht gewusst. Ich habe auch keine Ahnung, ob mein Erinnern sich erst seit drei Stunden oder schon seit Millionen Jahren abspielt. Nicht das Gedächtnis ist hier ausgelöscht – es ist die Zeit. Und es gibt keine Pause – denn im Nachleben gibt es auch keinen Schlaf. Falls es nicht ausschließlich Schlaf ist und der Traum von einer für immer verschwundenen Vergangenheit alles ist, was dem Gestorbenen bleibt. Aber ob Traum oder nicht, es gibt hier nichts anderes zu bedenken als das vergangene Leben. Macht das »das Hier« zur Hölle? Oder zum Himmel? Ist das besser als Vergessen oder schlimmer? Man stellt sich vielleicht vor, wenigstens im Tod würde die Ungewissheit sich legen. Aber da ich keine Ahnung habe, wo ich bin, was ich bin und wie lange ich in diesem Zustand zu verbleiben habe, scheint auch die Ungewissheit von Dauer zu sein. Mit Sicherheit ist dies nicht der geräumige Himmel der religiösen Phantasie, wo wir guten Menschen alle wieder zusammenkommen und glückselig sind, weil das Schwert des Todes nicht mehr über unseren Köpfen schwebt. Um das festzuhalten: ich habe den starken Verdacht, dass man auch hier sterben kann. Vorankommen kann man hier jedenfalls nicht. Es gibt keine Türen. Es gibt keine Tage. Es gibt (fürs erste?) nur eine Richtung: zurück. Und das Urteil lautet »auf ewig«, jedoch nicht, weil man von irgendeiner Gottheit verurteilt wird, sondern weil man sich selbst in alle Ewigkeit für seine Taten mit Vorwürfen überhäuft.

Wenn du fragst, wie das sein kann – Erinnerung auf Erinnerung, nichts als Erinnerung –, kann ich natürlich nicht antworten, und zwar nicht, weil weder ein »du« noch ein »ich« existiert – sowenig wie ein »hier« und ein »jetzt« –, sondern weil alles, was existiert, die erinnerte Vergangenheit ist, wohlgemerkt nicht die wiedererlangte, nicht die in der Unmittelbarkeit des Reichs der Gefühle von neuem durchlebte, sondern die lediglich wieder abgespielte Vergangenheit. Und wie viel mehr kann ich von meiner Vergangenheit noch ertragen? Körperlos in dieser Grotte der Erinnerung, erzähle ich mir rund um die Uhr in einer uhrenlosen Welt immer wieder meine eigene Geschichte und habe dabei das Gefühl, dies schon seit Millionen Jahren zu tun. Soll das wirklich immer so weitergehen – in Ewigkeit meine mickrigen neunzehn Jahre, während alles andere abwesend ist, meine mickrigen neunzehn Jahre unentrinnbar hier, permanent gegenwärtig, während alles, was diese neunzehn Jahre real gemacht hat, während alles, was einen mitten dort hineingestellt hat, ein unerreichbar fernes Trugbild bleibt?

Ich konnte nicht glauben – und kann es lächerlicherweise immer noch nicht –, dass, was als nächstes geschah, geschah, weil Olivia es so wollte. So ging es zwischen einem traditionell erzogenen Jungen und einem netten kultivierten Mädchen einfach nicht zu, damals, zu meinen Lebzeiten, im Jahre 1951, als Amerika sich zum drittenmal in einem halben Jahrhundert an einem Krieg beteiligte. Ganz gewiss konnte ich keinesfalls glauben, dass das, was geschah, seinen Grund darin haben konnte, dass sie mich attraktiv oder womöglich begehrenswert fand. Welches Mädchen am Winesburger College fand einen Jungen »begehrenswert«? Ich jedenfalls hatte vom Vorhandensein solcher Gefühle unter den Mädchen in Winesburg oder Newark oder wo auch immer noch nie gehört. Soweit ich wusste, wurden Mädchen nicht von solchen Gefühlen beflügelt; sie wurden beflügelt von Grenzen, von Verboten, von strikten Tabus, die allesamt nur der Verwirklichung dessen dienten, was die meisten meiner Kommilitoninnen in Winesburg als ihr vorrangiges Ziel betrachteten: mit einem zuverlässigen jungen Lohnempfänger ebenjenes Familienleben, von dem sie durch den Besuch des Colleges vorübergehend ausgeschlossen waren, von neuem erstehen zu lassen, und dies so schnell wie möglich.

Ich konnte auch nicht glauben, dass Olivia tat, was sie tat, weil es ihr Spaß machte. Die Vorstellung war zu erstaunlich, selbst für einen so aufgeschlossenen, intelligenten Jungen wie mich. Nein, was da geschah, konnte nur die Folge davon sein, dass etwas mit ihr nicht stimmte, wenngleich es sich nicht unbedingt um ein moralisches oder intellektuelles Versagen handeln musste – im Unterricht schien sie mir jedem Mädchen, das ich je gekannt hatte, geistig überlegen, und beim Essen hatte mich nichts an ihrem Verhalten auf den Gedanken gebracht, dass sie irgend etwas anderes als einen durch und durch soliden Charakter haben könnte. Nein, was sie tat, musste durch eine Abnormalität veranlasst worden sein. »Sie tut das, weil ihre Eltern geschieden sind«, sagte ich mir. Es gab keine andere Erklärung für ein so tiefes Rätsel.

Als ich später in mein Zimmer kam, lernte Elwyn noch. Ich gab ihm die Autoschlüssel zurück, und er nahm sie, während er eine Textstelle in einem seiner Techniklehrbücher unterstrich. Er trug seine Pyjamahose und ein T-Shirt, vor ihm auf dem Schreibtisch standen vier leere Colaflaschen. Er würde noch mindestens vier weitere Flaschen leeren, bevor er gegen Mitternacht Schluss machte. Dass er mich nicht nach meinem Rendezvous ausfragte, überraschte mich nicht – er selbst ging nie mit Mädchen aus und hielt sich auch von den gesellschaftlichen Veranstaltungen im Haus seiner Verbindung fern. In Cincinnati war er im Ringerteam seiner Highschool gewesen, am College aber hatte er jeglichen Sport aufgegeben, um sich ganz seinem Examen zu widmen. Sein Vater besaß einen Schleppdampferbetrieb auf dem Ohio, und eines Tages wollte Elwyn die Leitung der Firma von ihm übernehmen. Und bei der Verfolgung dieses Ziels ließ er sich noch weniger beirren als ich.

Aber wie sollte ich mich waschen und meinen Schlafanzug anziehen und mich schlafen legen, ohne irgendwem von etwas so Außerordentlichem, wie es mir widerfahren war, auch nur ein Wort zu erzählen? Aber es musste wohl sein, und fast gelang es mir auch, bis ich, nachdem ich, während Elwyn weiter an seinem Schreibtisch saß, etwa eine Viertelstunde lang in meiner Koje gelegen hatte, plötzlich hochfuhr und verkündete: »Sie hat mir einen geblasen.«

»Aha«, sagte Elwyn, ohne den Kopf von seinem Buch zu wenden.

»Sie hat mich abgelutscht.«

»Ja«, sagte Elwyn schließlich und machte durch seine Aussprache dieser einen Silbe klar, dass er sich weiter auf seine Arbeit konzentrieren werde, ganz gleich, was mir sonst noch einfallen würde, ihm zu erzählen.

»Ich habe nicht darum gebeten«, sagte ich. »Es wäre mir nicht im Traum eingefallen, sie darum zu bitten. Ich kenne sie ja gar nicht. Und sie bläst mir einen. Hast du so was schon mal gehört?«

»Nein«, antwortete Elwyn.

»Das tut sie, weil ihre Eltern geschieden sind.«

Jetzt drehte er sich um und sah mich an. Er hatte ein rundes Gesicht und einen großen Kopf, und seine Züge beschränkten sich so sehr aufs Wesentliche, als habe man sich bei ihrer Erschaffung die von einem Kind in einen Halloween-Kürbis geschnitzten zum Vorbild genommen. Überhaupt war er nach ganz und gar praktischen Gesichtspunkten konstruiert und sah nicht so aus, als müsse er, wie ich, seine Gefühle streng unter Kontrolle halten – das heißt, falls er denn welche hatte, deren ungebärdige Natur eine Überwachung erforderlich machte. »Das hat sie dir gesagt?« fragte er.

»Sie hat überhaupt nichts gesagt. Ich vermute das nur. Sie hat es einfach getan. Ich lege ihre Hand auf meine Hose, und sie, ohne dass ich sonst irgend etwas mache, zieht den Reißverschluss auf, holt ihn raus und tut es.«

»Na, das freut mich für dich, Marcus, aber wenn du nichts dagegen hast, möchte ich jetzt weiterarbeiten.«

»Ich möchte dir für das Auto danken. Ohne das Auto wäre das nicht möglich gewesen.«

»Gut gelaufen?«

»Perfekt.«

»Muss auch. Alles frisch geölt.«

»Sie hat das bestimmt schon oft getan«, sagte ich zu Elwyn. »Glaubst du nicht auch?«

»Schon möglich«, antwortete Elwyn.

»Ich weiß nicht, was ich davon halten soll.«

»Das ist klar.«

»Ich weiß nicht, ob ich mich noch einmal mit ihr treffen sollte.«

»Das liegt an dir«, sagte er mit abschließendem Tonfall, und so blieb ich schweigend oben in meiner Koje liegen, fand aber keinen Schlaf, weil ich nun allein versuchen musste, aus Olivia Hutton schlau zu werden. Wie konnte ein solches Glück, wie es mir zuteil geworden war, zugleich eine solche Bürde sein? Ich, der ich der zufriedenste Mann in ganz Winesburg hätte sein sollen, war statt dessen der verwirrteste.

So befremdlich mir Olivias Verhalten vorkam, wenn ich allein darüber nachdachte, verstand ich es noch viel weniger, als sie und ich im Geschichtsunterricht dann wieder wie üblich nebeneinandersaßen und ich sogleich wieder in Erinnerungen daran versank, was sie getan hatte – und wie ich darauf reagiert hatte. Ich war so überrascht gewesen, dass ich mich auf dem Autositz aufgerichtet und ihren Hinterkopf, der sich in meinem Schoß bewegte, angestarrt hatte, als beobachtete ich eine Fremde, die es einem anderen machte als mir selbst. Nicht dass ich so etwas schon einmal gesehen hatte, außer gelegentlich auf »schmutzigen Bildern« – durch die Hände von Hunderten geiler Jungen gegangen und entsprechend zerknittert und abgegriffen –, die an der Highschool stets zu den kostbarsten Besitztümern des rebellischen schlechtesten Schülers der Klasse gehört hatten. Ich war ebenso fasziniert von Olivias Bereitwilligkeit wie von der Sorgfalt und Konzentration, die sie ihrem Tun widmete. Woher wusste sie, was zu tun war und wie es zu tun war? Und was würde passieren, wenn ich kam – ein Ereignis, das schon vom ersten Augenblick an einzutreten drohte? Sollte ich sie nicht warnen – falls dazu überhaupt noch Zeit blieb? Sollte ich nicht höflicherweise in mein Taschentuch spritzen? Oder die Autotür aufstoßen und, statt den einen oder anderen von uns, den Friedhofsweg benetzen? Ja, tu das, dachte ich, schieß es auf die Straße. Aber natürlich konnte ich das nicht. Die unglaubliche Vorstellung, in ihrem Mund zu kommen – in irgend etwas anderem zu kommen als in der Luft, in einem Papiertaschentuch oder einer schmutzigen Socke –, war zu verlockend, als dass ein Novize darauf hätte verzichten können. Olivia aber sagte nichts.

Ich konnte mir nur denken, eine Tochter geschiedener Eltern sei eben mit allem einverstanden, was sie tat oder was man mit ihr tat. Erst nach einiger Zeit (Jahrtausende später, was weiß ich) dämmerte mir endlich, dass auch ich mit allem, was ich tat, einverstanden sein könnte.

Tage vergingen, und ich lud sie nicht noch einmal zu einem Rendezvous ein. Ich versuchte auch nicht mit ihr zu reden, wenn wir nach dem Unterricht alle auf den Korridor strömten. Dann lief sie mir eines frostigen Herbstmorgens im Studentenbuchladen über den Weg. Ich kann nicht sagen, ich hätte nicht gehofft, ihr irgendwo zu begegnen, auch wenn ich im Unterricht ihre Anwesenheit nicht einmal zur Kenntnis nahm. Jedesmal, wenn ich auf dem Campus um eine Ecke bog, hoffte ich nicht nur, sie zu sehen, sondern auch, mich selbst zu ihr sagen zu hören: »Wir müssen uns noch mal verabreden. Ich muss dich sehen. Du musst mir gehören, keinem anderen!«

Sie trug einen Wintermantel aus Kamelhaar und lange Wollstrümpfe und über ihrem kastanienbraunen Haar eine enganliegende weiße Wollmütze mit einem weichen roten

Bommel obendrauf. Frisch von draußen hereingekommen, mit roten Wangen und leicht triefender Nase, sah sie ganz und gar nicht wie ein Mädchen aus, das irgendwem einen blasen würde.

»Hallo, Marc«, sagte sie.

»Oh, ja, hi«, sagte ich.

»Ich habe das getan, weil ich dich so mag.«

»Entschuldigung?«

Sie nahm die Mütze ab und schüttelte ihre Haare aus – dicht und lang, nicht kurzgeschnitten mit einer Bordüre aus Löckchen über der Stirn, wie nahezu alle anderen Studentinnen auf dem Campus ihre Haare trugen.

»Ich sagte, ich habe das getan, weil ich dich mag«, wiederholte sie. »Ich weiß, du kannst das nicht verstehen. Ich weiß, deswegen habe ich nichts mehr von dir gehört, deswegen ignorierst du mich im Unterricht. Also erkläre ich es dir.« Sie öffnete die Lippen zu einem Lächeln, und ich dachte: Mit diesen Lippen, sie, ohne dass ich sie gedrängt hätte, absolut freiwillig ... Und trotzdem war ich derjenige, der sich genierte!

»Noch andere ungelöste Rätsel?« fragte sie.

»Oh, nein, schon gut.«

»*Nicht* gut«, sagte sie und zog die Stirn in Falten, und bei jeder Veränderung ihres Gesichtsausdrucks wurde auch ihre Schönheit eine andere. Sie war nicht nur ein schönes Mädchen, sie war fünfundzwanzig verschiedene schöne Mädchen.

»Du bist hundert Meilen von mir weg. Nein, für dich ist es nicht gut«, sagte sie. »Mir hat deine Ernsthaftigkeit gefallen. Dein reifes Benehmen beim Essen – oder was ich für Reife gehalten habe. Ich habe darüber gescherzt, aber es hat mir gefallen, dass du so angespannt warst. Ich habe noch nie jemanden kennengelernt, der so angespannt war. Mir hat gefallen, wie du aussiehst, Marcus. Du gefällst mir immer noch.«

»Hast du das schon mal bei einem anderen getan?«

»Ja, habe ich«, sagte sie ohne zu zögern. »Hat das mit dir noch keine getan?«

»Nicht mal annähernd.«

»Dann hältst du mich also für eine Schlampe«, sagte sie und runzelte aufs neue die Stirn.

»Aber nein«, versicherte ich hastig.

»Du lügst. Deswegen willst du nicht mehr mit mir reden. Weil ich eine Schlampe bin.«

»Ich war bloß überrascht«, sagte ich, »das ist alles.«

»Bist du jemals auf die Idee gekommen, dass auch ich überrascht gewesen sein könnte?«

»Aber du hast es schon mal getan. Das hast du gerade selbst gesagt.«

»Es war das zweite Mal.«

»Bist du beim erstenmal überrascht gewesen?«

»Da war ich noch am Mount Holyoke. Es war auf einer Party in Amherst. Ich war betrunken. Das Ganze war schrecklich. Ich hatte von nichts eine Ahnung. Habe immer nur getrunken. Deswegen habe ich gewechselt. Man hat mich rausgeworfen. Ich war drei Monate in einer Klinik, bis ich endlich trocken war. Jetzt trinke ich nicht mehr. Ich trinke nichts Alkoholisches mehr, niemals mehr. Als ich es dieses Mal getan habe, war ich nicht betrunken. Ich war weder betrunken noch verrückt. Ich wollte es mit dir machen, nicht weil ich eine Schlampe bin, sondern weil ich es mit dir machen wollte. Das wollte ich dir geben. Kannst du nicht verstehen, dass ich dir das geben wollte?«

»Sieht so aus, als könnte ich das nicht.«
»Ich – wollte – dir – geben – was – du – haben – wolltest. Sind diese Worte so schwer zu verstehen? Sie haben alle nur eine oder zwei Silben. Du lieber Gott«, sagte sie gereizt, »was *hast* du denn nur?«

Als wir das nächstemal zusammen im Geschichtsunterricht waren, setzte sie sich ganz weit hinten hin, so dass ich sie nicht sehen konnte. Jetzt, wo ich wusste, dass sie Mount Holyoke wegen ihres Alkoholkonsums verlassen musste und danach drei Monate lang in einer Entzugsklinik gewesen war, hatte ich noch stärkere Gründe, mich von ihr fernzuhalten. Ich trank nicht, meine Eltern tranken so gut wie gar nicht, und was hatte ich mit einer Frau zu schaffen, die, noch nicht mal zwanzig Jahre alt, bereits wegen Trunksucht in einer Klinik gewesen war? Doch obwohl ich überzeugt davon war, dass ich nichts mehr mit ihr zu tun haben durfte, schickte ich ihr mit der Campuspost einen Brief:

Liebe Olivia,
Du meinst, ich weise Dich zurück wegen dem, was an jenem Abend im Auto passiert ist. Das stimmt nicht. Wie ich erklärt habe, liegt es daran, dass ich noch nie etwas auch nur annähernd Vergleichbares erlebt habe. So wie auch noch kein Mädchen jemals etwas Ähnliches zu mir gesagt hat wie Du im Buchladen. Ich hatte Freundinnen, deren Aussehen mir gefallen hat und denen ich gesagt habe, wie hübsch ich sie fand, aber bis zu Dir hat mir noch kein Mädchen gesagt, dass ihr mein Aussehen gefällt oder dass es sonst irgend etwas an mir bewundert. So war das bei keinem Mädchen, das ich jemals gekannt oder von dem ich

auch nur gehört habe – was mir erst klargeworden ist, als Du Dich im Buchladen so freimütig ausgesprochen hast. Du bist anders als alle, die ich kenne, und niemals käme ich auf die Idee, Dich eine Schlampe zu nennen. Für mich bist Du ein Wunder. Du bist schön. Du bist erwachsen. Du hast, das gebe ich zu, sehr viel mehr Erfahrung als ich. Das hat mich verwirrt. Ich war verwirrt. Verzeih mir. Grüß mich, wenn wir uns im Unterricht sehen.

Marc

Aber sie sagte kein Wort; sie schaute nicht einmal in meine Richtung. *Sie* wollte nichts mehr mit *mir* zu tun haben. Ich hatte sie verloren, und nicht, wie ich erkannte, weil ihre Eltern geschieden waren, sondern weil meine es nicht waren.

Wie oft ich mir auch sagte, ohne sie sei ich besser dran, gewiss habe sie aus demselben Grund getrunken, weshalb sie mir einen geblasen hatte, konnte ich nicht aufhören an sie zu denken. Ich hatte Angst vor ihr. Ich war so schlimm wie mein Vater. Ich *war* mein Vater. Ich hatte ihn nicht in New Jersey zurückgelassen, bedrängt von seinen Befürchtungen und völlig außer sich wegen seinen bösen Ahnungen; ich war er in Ohio geworden.

Wenn ich im Wohnheim anrief, kam sie nicht ans Telefon. Wenn ich nach dem Unterricht mit ihr reden wollte, ging sie weg. Ich schrieb ihr noch einmal:

Liebe Olivia,
sprich mit mir. Triff dich mit mir. Verzeih mir. Ich bin zehn Jahre älter als an dem Tag, an dem wir uns begegnet sind. Ich bin ein Mann.

Marc

Da mir diese letzten vier Worte irgendwie kindisch vorkamen – kindisch und emphatisch und falsch –, trug ich den Brief fast eine Woche lang in meiner Tasche, bevor ich ihn in den Schlitz des Briefkastens für die Campuspost im Keller des Wohnheims warf.

Dies bekam ich zur Antwort:

Lieber Marcus,
ich kann mich nicht mit Dir treffen. Du wirst nur wieder vor mir weglaufen, diesmal, wenn Du die lange Narbe an meinem Unterarm siehst. Hättest Du sie an unserem gemeinsamen Abend gesehen, hätte ich Dir aufrichtig erklärt, was es damit auf sich hat. Ich war dazu bereit. Ich habe nicht versucht, sie zu bedecken, aber Du hast sie nun mal nicht bemerkt. Die Narbe stammt von einer Rasierklinge. Ich habe am Mount Holyoke versucht, mich umzubringen. Deswegen musste ich für drei Monate in die Klinik. Die Menninger Clinic in Topeka, Kansas. Das Menninger Sanitarium and Psychopathic Hospital. So lautet der komplette Name. Mein Vater ist Arzt und kennt dort Leute, deswegen hat meine Familie mich dort untergebracht. Ich war betrunken, als ich die Rasierklinge angesetzt habe, hatte aber schon lange Zeit vorher daran gedacht, es zu tun; in dieser ganzen Zeit hatte ich nicht gelebt, sondern war von Vorlesung zu Vorlesung gegangen und hatte nur so getan, als lebte ich. Wäre ich nüchtern gewesen, hätte ich mein Ziel erreicht. Also ein dreifaches Hoch auf zehn Whiskeys mit Gingerale – sie sind der Grund, warum ich heute noch lebe. Sie und meine Unfähigkeit, irgend etwas zu Ende zu bringen. Sogar Selbstmord ist mir zu schwer. Ich kann mein

Dasein nicht einmal damit rechtfertigen. Ich bestehe nur aus Selbstvorwürfen.

Ich bedaure nicht, was wir getan haben, aber wir dürfen nicht weitermachen. Vergiss mich und geh Deinen Weg. Es gibt hier sonst keinen wie Dich, Marcus. Du bist nicht jetzt erst zum Mann geworden – sehr wahrscheinlich warst du schon immer einer. Ich kann Dich mir gar nicht als »Junge« vorstellen, selbst wenn Du mal einer warst. Und gewiss nicht als einen Jungen, wie sie hier überall herumlaufen. Du bist keine schlichte Seele und hast hier nichts zu suchen. Wenn Du die Spießigkeit dieses abscheulichen Kaffs überlebst, liegt eine glänzende Zukunft vor Dir. Warum bist Du überhaupt nach Winesburg gekommen? Ich bin hier, *weil* es so spießig ist – das soll ein normales Mädchen aus mir machen. Aber Du? Du solltest Philosophie an der Sorbonne studieren und am Montparnasse in einer Mansarde wohnen. Das sollten wir beide. Lebe wohl, schöner Mann!

Olivia

Ich las den Brief zweimal und rief dann, als hätte mir das irgend etwas genutzt: »Es gibt hier sonst keinen wie Dich! Du bist keine schlichte Seele!« Im Unterricht hatte ich gesehen, wie sie sich mit ihrem Parker-51-Füller Notizen machte – aus braunrotem Schildpatt –, aber ihre Handschrift hatte ich noch nie gesehen und auch nicht, wie sie mit der Spitze dieses Füllers ihren Namen schrieb, das schmale O, die ungewöhnlich hoch über den beiden I angebrachten Punkte, der anmutig emporschwingende Federstrich am Ende des abschließenden A. Ich berührte das Papier mit den Lippen und küsste das O.

Küsste es ein ums andere Mal. Dann begann ich spontan, mit der Zungenspitze die Tinte der Unterschrift abzulecken, geduldig wie eine Katze an der Milchschale leckte und leckte ich, bis das O, das L, das I, das V, das zweite I und das A verschwunden waren – leckte, bis der letzte schwungvolle Federstrich aufgeleckt war. Ich hatte ihre Schrift getrunken. Ich hatte ihren Namen gegessen. Ich musste mich zusammenreißen, um nicht den ganzen Brief aufzuessen.

An diesem Abend konnte ich mich nicht auf meine Hausaufgaben konzentrieren, so sehr hatte mich ihr Brief aufgewühlt; immer wieder las ich ihn, las ihn von oben nach unten, dann von unten nach oben, begann mit »schöner Mann« und endete mit »Ich kann mich nicht mit Dir treffen«. Schließlich unterbrach ich Elwyn an seinem Schreibtisch und fragte ihn, ob er den Brief lesen und mir sagen wolle, was er davon halte. Immerhin war er mein Zimmergenosse, jemand, in dessen Gesellschaft ich täglich viele Stunden mit Lernen und Schlafen verbrachte. Ich sagte: »So einen Brief habe ich noch nie bekommen.« Das war der verwirrende Refrain in diesem ganzen letzten Jahr meines Lebens: Nie zuvor etwas wie das. Einen solchen Brief Elwyn zu zeigen – Elwyn, der einen Schleppdampferbetrieb auf dem Ohio übernehmen wollte – war natürlich ein großer und sehr dummer Fehler.

»Von der, die dir einen geblasen hat?« fragte er, als er fertig war.

»Hm – ja.«

»Im Auto?«

»Das weißt du doch – ja.«

»Toll«, sagte er. »Fehlt mir grade noch, dass so eine blöde Kuh sich in meinem LaSalle die Pulsadern aufschneidet.«

Ich war aufgebracht, weil er Olivia eine blöde Kuh genannt hatte, und beschloss auf der Stelle, mir ein neues Zimmer und einen neuen Zimmergenossen zu suchen. Es dauerte eine Woche, bis ich einen freien Platz in der obersten Etage der Neil Hall fand, dem ältesten Wohngebäude auf dem Campus, das noch aus den Anfangszeiten des Colleges als Baptistenseminar stammte und trotz der außen angebrachten Feuerleitern allgemein als Feuerfalle bezeichnet wurde. Das Zimmer, das ich entdeckte, hatte seit Jahren leergestanden, bis ich im Sekretariat die nötigen Papiere ausfüllte und dort einzog. Es war winzig, lag am hinteren Ende eines Flurs und hatte ein hohes, schmales Dachfenster, das aussah, als sei es seit der Errichtung der Neil Hall ein Jahr nach dem Ende des Bürgerkriegs nicht mehr geputzt worden.

Eigentlich hatte ich meine Sachen packen und das Zimmer in der Jenkins Hall verlassen wollen, ohne Elwyn noch einmal zu sehen und ihm erklären zu müssen, warum ich auszog. Ich wollte verschwinden, ich wollte sein Schweigen nie mehr zu erdulden haben. Sein Schweigen war mir so unerträglich wie das wenige, das er sagte – und wie widerwillig er es sagte –, wenn er sich einmal dazu herabließ, mit mir zu reden. Mir war nicht klargewesen, wie wenig ich ihn mochte, auch schon bevor er Olivia eine blöde Kuh genannt hatte. Sein ewiges Schweigen sagte mir, dass er aus irgendeinem Grund etwas gegen mich hatte – weil ich Jude war, weil ich nicht Ingenieurswissenschaft studierte, weil ich in keiner Verbindung war, weil ich keine Lust hatte, an Automotoren herumzubasteln oder Schleppdampfer zu steuern, weil ich all das nicht war, was ich nicht war – oder dass ihm meine Existenz völlig gleichgültig war. Gewiss, er hatte mir seinen kostbaren LaSalle geliehen, als ich ihn darum bat, und das schien vorübergehend darauf hinzudeuten, dass zwischen uns mehr Kameradschaft herrschte, als er mir gegenüber zu erkennen geben konnte oder wollte, oder vielleicht auch nur, dass er menschlich genug war, um gelegentlich etwas Großzügiges und Unverhofftes zu tun. Aber dann hatte er Olivia eine blöde Kuh genannt, und dafür verachtete ich ihn. Olivia Hutton war ein wunderbares Mädchen, das am Mount Holyoke aus irgendwelchen Gründen zur Alkoholikerin geworden war und tragischerweise den Versuch unternommen hatte, sich mit einer Rasierklinge das Leben zu nehmen. Sie war keine blöde Kuh. Sie war eine Heldin.

Ich packte noch meine zwei Koffer, als Elwyn unerwartet mitten am Tag ins Zimmer kam, an mir vorbeiging, zwei Bücher von seinem Schreibtisch nahm und gleich wieder kehrtmachte, wie üblich ohne ein Wort zu sagen.

»Ich ziehe aus«, sagte ich.

»Und?«

»Ach, du kannst mich mal«, sagte ich.

Er legte die Bücher ab und verpasste mir einen Kinnhaken. Erst hatte ich das Gefühl, ich bräche zusammen, dann, ich müsste mich übergeben, und während ich mein Kinn betastete, um festzustellen, ob ich blutete oder der Kiefer gebrochen oder Zähne ausgeschlagen waren, nahm er seine Bücher und ging aus dem Zimmer.

Ich verstand Elwyn nicht, verstand Flusser nicht, verstand meinen Vater nicht, verstand Olivia nicht – ich verstand nichts und niemanden. (Ein weiteres großes Thema meines letzten Lebensjahres.) Warum hatte ein so hübsches und so intelligentes und so erfahrenes Mädchen mit neunzehn Jahren sterben wollen? Warum war sie am Mount Holyoke zur Trinkerin geworden? Warum hatte sie mir einen blasen wollen? Um mir etwas zu »geben«, wie sie es ausgedrückt hatte? Nein, hinter dem, was sie getan hatte, steckte noch mehr, aber was das sein konnte, ging über meinen Verstand. Nicht alles ließ sich mit der Scheidung ihrer Eltern erklären. Und selbst wenn, was hätte das geändert? Je mehr ich mich beim Nachdenken über sie ärgerte, desto mehr sehnte ich mich nach ihr; je stärker mein Kinn schmerzte, desto mehr sehnte ich mich nach ihr. Als ich ihre Ehre verteidigte, war ich zum erstenmal in meinem Leben ins Gesicht geschlagen worden, und sie wusste nichts davon. Ihretwegen zog ich in die Neil Hall, und auch davon wusste sie nichts. Ich war verliebt in sie, und sie wusste es nicht – ich hatte es selbst gerade erst herausgefunden. (Noch ein Thema: Dinge gerade erst herauszufinden.) Ich hatte mich in eine ehemalige Trinkerin und Insassin einer psychiatrischen Klinik verliebt, die einen missglückten Selbstmordversuch mit einer Rasierklinge hinter sich hatte, eine Tochter geschiedener Eltern und obendrein eine Nichtjüdin. Ich war verliebt in ein Mädchen – vielleicht auch verliebt in die Torheit, mich in genau so ein Mädchen zu verlieben –, wie mein Vater es sich mit mir im Bett vorgestellt haben musste, als er mich an jenem Abend zum erstenmal aus dem Haus ausgesperrt hatte.

Liebe Olivia,
ich habe die Narbe beim Abendessen gesehen. Es war nicht schwer, mir vorzustellen, wie sie dorthin gekommen ist. Ich habe nichts gesagt, weil ich mir dachte, wenn Du nicht

davon anfangen willst – warum sollte dann ich? Als Du sagtest, dass Du nichts trinken willst, dachte ich mir auch gleich, dass Du früher zuviel getrunken hast. Nichts in Deinem Brief kam für mich überraschend.

Es wäre mir sehr lieb, wenn wir uns wenigstens zu einem Spaziergang treffen könnten –

Ich wollte schreiben: »zu einem Spaziergang unten am Wine Creek«, ließ es aber aus Angst, sie könnte auf die Idee kommen, ich deutete damit auf perverse Weise an, dass sie womöglich da hineinspringen wollte. Warum ich ihr vorlog, die Narbe sei mir aufgefallen, und dann sogar noch einen draufsetzte und behauptete, die Sache mit ihrem Trinken hätte ich schon selber ausgeknobelt, war mir unbegreiflich. Bis sie mir in dem Brief von ihrem Trinken erzählt hatte, hatte ich trotz der Räusche, deren Zeuge ich jedes Wochenende bei meiner Arbeit im Willard wurde, keine Ahnung gehabt, dass man als so junger Mensch schon Alkoholiker sein konnte. Und was die gleichmütige Hinnahme der Narbe an ihrem Handgelenk betraf – nun, diese Narbe, von der ich am Abend unseres Rendezvous nichts bemerkt hatte, war jetzt alles, woran ich denken konnte.

Sollte dieser Augenblick den Beginn eines lebenslänglichen Anhäufens von Fehlern markieren (wäre mir ein ganzes Leben gewährt worden, sie zu begehen)? Damals dachte ich, er markiere, falls überhaupt etwas, den Beginn meines Lebens als Erwachsener. Dann fragte ich mich, ob beides nicht ohnehin identisch sei. Sicher wusste ich nur, dass die Narbe der Auslöser war. Ich war wie gelähmt. Noch nie hatte mich etwas so aus der Fassung gebracht. Die Trinkerei, die Narbe, das Sanatorium, die Schwäche, die Kraft – all dem war ich verfallen. Der Courage, die das alles erforderte.

Ich beendete den Brief:

> Wenn Du Dich in Geschichte wieder neben mich setzen würdest, würde mich das in die Lage versetzen, mich auf den Unterricht zu konzentrieren. Denn statt mich mit dem Stoff zu beschäftigen, kann ich nur daran denken, dass Du hinter mir sitzt. Ich sehe die leere Stelle, die früher Dein Körper ausgefüllt hat, und die Versuchung, mich nach Dir umzudrehen, lenkt mich unablässig ab – weil ich mir, schöne Olivia, nichts sehnlicher wünsche, als in Deiner Nähe zu sein. Ich liebe es, wie Du aussiehst, und ich bin verrückt nach Deiner phantastischen Figur.

Ich überlegte, ob ich »verrückt nach Deiner phantastischen Figur mitsamt Narbe und allem anderen« schreiben sollte. Würde es einen unsensiblen Eindruck machen, wenn ich ihre Narbe bagatellisierte, oder würde es als ein Zeichen meiner Reife erscheinen, wenn ich die Narbe bagatellisierte? Um auf Nummer Sicher zu gehen, ließ ich »mitsamt Narbe und allem anderen« weg, fügte statt dessen ein kryptisches Postskriptum hinzu – »aufgrund einer Meinungsverschiedenheit mit meinem Zimmergenossen ziehe ich in die Neil Hall um« – und schickte den Brief mit der Campuspost ab.

Sie setzte sich nicht wieder neben mich, sondern blieb weiter hinten im Klassenzimmer, außerhalb meines Blickfeldes. Trotzdem lief ich jeden Mittag zu meinem Briefkasten im Keller der Jenkins Hall, um nachzusehen, ob sie mir geantwortet hatte. Eine Woche lang schaute ich täglich in einen leeren Kasten, und als dort endlich ein Brief erschien, war er vom Dean, dem Mann, der für studentische Angelegenheiten zuständig war.

Sehr geehrter Mr. Messner,
mir ist zur Kenntnis gelangt, dass Sie ein Zimmer in der Neil Hall bezogen haben, nachdem Sie bereits jeweils kurzzeitig zwei verschiedene Zimmer in der Jenkins Hall bewohnt hatten. So viele Zimmerwechsel eines Transferstudenten, der im zweiten Studienjahr nach Winesburg gekommen ist und hier noch nicht einmal ein ganzes Semester verbracht hat, machen mir Sorge. Würden Sie bitte mit meinem Sekretariat einen Termin noch in dieser Woche vereinbaren? Ich bin mir sicher, ein kurzes Gespräch über diese Angelegenheit wird für uns beide nützlich sein.
Hochachtungsvoll
Hawes D. Caudwell,
Dean

Die Besprechung mit dem Dean war für den nächsten Mittwoch angesetzt, fünfzehn Minuten nach dem Mittagsgottesdienst. Auch wenn Winesburg nur zwei Jahrzehnte nach seiner Gründung durch evangelische Pastoren in ein nicht konfessionsgebundenes College umgewandelt worden war, hatte sich als eins der letzten Überbleibsel aus jenen Anfangszeiten, in denen der tägliche Besuch des Gottesdienstes obligatorisch war, die Vorschrift erhalten, dass die Studenten bis zum Examen mindestens vierzigmal an dem jeden Mittwoch zwischen elf und zwölf Uhr mittags stattfindenden Gottesdienst teilzunehmen hatten. Der religiöse Inhalt der Predigten war zu Erörterungen moralischer Themen verwässert – oder als solche getarnt –, und die Redner waren nicht immer Geistliche: gelegentlich traten Koryphäen wie der Präsident der Vereinigten Lutherischen Kirche in Amerika auf, und ein- oder zweimal im Monat sprachen Fakultätsmitglieder aus Winesburg oder anderen Colleges, Richter oder Parlamentsabgeordnete. Die meiste Zeit jedoch leitete ein einziger Mann den Gottesdienst, Dr. Chester Donehower, Vorsitzender der Theologischen Fakultät und seines Zeichens Baptistenpfarrer, und das immer wiederkehrende Thema seiner Predigten war »Selbsterforschung im Licht der biblischen Lehre«. Es gab einen Chor, rund fünfzig Studenten in Talaren, etwa zwei Drittel davon junge Frauen, die jede Woche zu Beginn und Abschluss der Stunde ein Kirchenlied zum besten gaben; wenn der Chor zu Weihnachten und Ostern die saisonüblichen Lieder sang, waren die Gottesdienste so gut besucht wie sonst nie im Jahr. Obwohl das College seit fast einem Jahrhundert säkularisiert war, wurde der Gottesdienst nicht in einem der großen Säle auf dem Campus abgehalten, sondern in einer Methodistenkirche, dem imposantesten Kirchengebäude der Stadt, auf halbem Weg zwischen der Main Street und dem Campus gelegen und das einzige am Ort, das Platz genug für so viele Studenten bot.

Ich hatte starke Vorbehalte gegen alles, was mit dem Besuch des Gottesdienstes zusammenhing; das fing schon mit der Örtlichkeit an. Ich fand es nicht korrekt, dass ich in einer christlichen Kirche sitzen und mir fünfundvierzig oder fünfzig Minuten lang gegen meinen Willen die Predigt eines Dr. Donehower oder irgendeines anderen Redners anhören musste, um mich für das Examen an einer säkularen Schule zu qualifizieren. Mir ging das nicht gegen den Strich, weil ich ein frommer Jude war, sondern weil ich Atheist mit Leib und Seele war.

Folglich ging ich am Ende meines ersten Monats in Winesburg, nachdem ich mir eine zweite Predigt Dr. Donehowers angehört hatte, in der er noch inbrünstiger von »Christi Beispiel« gesprochen hatte als in der ersten, direkt von der Kirche zum Campus zurück und begab mich in den Lesesaal der Bibliothek, um in den dort gesammelten Katalogen nach einem anderen College zu suchen, auf das ich wechseln konnte, eins, wo ich weiter vor der Überwachung durch meinen Vater sicher war und nicht gezwungen wurde, mein Gewissen zu kompromittieren, indem ich mir biblisches Gewäsch anhörte, das ich schlichtweg nicht ertragen konnte. Um vor meinem Vater sicher zu sein, hatte ich ein College ausgewählt, das fünfzehn Autostunden von New Jersey und über fünfzig Meilen vom nächsten zivilen Flugplatz entfernt und mit Bus oder Zug nur schwer zu erreichen war – freilich ohne etwas von den Glaubensüberzeugungen zu verstehen, mit denen junge Leute tief im Herzen von Amerika ganz selbstverständlich indoktriniert wurden.

Um Dr. Donehowers zweite Predigt zu überstehen, hatte ich es für nötig befunden, mir ein Lied ins Gedächtnis zu rufen, dessen feurigen Rhythmus und martialische Worte ich in der Grundschule gelernt hatte, als der Zweite Weltkrieg tobte und das Programm unserer wöchentlichen, der Förderung patriotischer Tugenden gewidmeten Schulversammlung im wesentlichen daraus bestand, dass wir Kinder einstimmig die Lieder unserer Streitkräfte sangen: »Anchors Aweigh« von der Kriegsflotte, »The Caissons Go Rolling Along« von der Armee, »Off We Go into the Wild Blue Yonder« von der Luftwaffe, »From the Halls of Montezuma« von den Marines sowie die Lieder der Pionierbataillone und der Armeehelferinnen. Wir sangen auch, was man uns als Nationalhymne unserer chinesischen Alliierten in dem von den Japanern begonnenen Krieg bezeichnet hatte. Sie lautete folgendermaßen:

> Steht auf! Ihr, die ihr nicht Sklaven sein wollt.
> Mit unserem Fleisch und Blut
> Lasst uns eine neue Große Mauer bauen!
> In größter Bedrängnis ist Chinas Volk.
> Empörung füllt die Herzen unserer Landsleute.
> Steht auf! Steht auf! Steht auf!
> Mit tausend Leibern und einem Herzen
> Trotzt dem Feuer der Feinde.
> Marschiert voran!
> Trotzt dem Feuer der Feinde,
> Marschiert! Marschiert! Marschiert!

Ich sang mir diese Strophe während Dr. Donehowers zweiter Predigt mindestens fünfzigmal vor und dann weitere fünfzigmal, während der Chor seine christlichen Lieder vortrug, und jedesmal legte ich besonderen Nachdruck auf die drei Silben, die sich zu dem Wort »Empörung« zusammenfügten.

Das Büro des Deans war eins von mehreren Verwaltungszimmern im Erdgeschoss der Jenkins Hall. Die Studentenwohnungen, wo ich in einem Etagenbett zuerst unter Bertram Flusser und dann unter Elwyn Ayers geschlafen hatte, lagen im ersten und zweiten Stock. Als ich durch den Vorraum in Caudwells Büro trat, kam er hinter seinem Schreibtisch hervor, um mir die Hand zu schütteln. Er war hager und breitschultrig, hatte ein kantiges Kinn, funkelnde blaue Augen und einen dichten Schopf silberweißen Haars – ein großer Mann, der sich, obwohl bestimmt schon Ende Fünfzig, immer noch mit der Gewandtheit des jungen Sportstars bewegte, der er kurz vor dem Ersten Weltkrieg in drei Disziplinen in Winesburg gewesen war. An den Wänden hingen Fotos von erfolgreichen Winesburger Mannschaften, und auf einem Ständer hinter seinem Schreibtisch war ein bronzierter Football ausgestellt. Die einzigen Bücher in dem Büro waren die Bände des College-Jahrbuchs, *The Owl's Nest*, die chronologisch geordnet in einem Glasschrank hinter ihm standen.

Er bedeutete mir, auf dem Stuhl gegenüber dem seinen Platz zu nehmen, und sagte, während er auf seine Seite des Schreibtischs zurückkehrte, in freundlichem Ton: »Ich habe Sie herbestellt, damit wir uns kennenlernen und herausfinden können, ob ich Ihnen irgendwie dabei behilflich sein kann, sich in Winesburg einzuleben. Ich sehe hier in Ihren Unterlagen« – er hob einen braunen Aktenordner, in dem er bei meinem Eintreten geblättert hatte –, »dass Sie im ersten Jahr lauter Einsen bekommen haben. Ich möchte nicht, dass eine so brillante schulische Leistung durch irgend etwas hier in Winesburg auch nur im geringsten beeinträchtigt wird.«

Mein Unterhemd war schon durchgeschwitzt, bevor ich Platz nahm und die ersten gestelzten Worte sprach. Und natürlich war ich noch überreizt und aufgewühlt von der gerade erlebten Stunde im Gottesdienst, nicht nur wegen Dr. Donehowers Predigt, sondern auch wegen der chinesischen Nationalhymne, die ich mir ein ums andere mal im Kopf vorgesungen hatte. »Ich auch nicht, Sir«, antwortete ich.

Ich hatte nicht erwartet, mich den Dean mit »Sir« anreden zu hören, auch wenn es nicht so ungewöhnlich war, dass ich von Schüchternheit – die sich in Form von großer Förmlichkeit zeigte – schier überwältigt wurde, wenn ich zum erstenmal mit einer Autoritätsperson zu tun bekam. Nicht dass ich vor solchen Leuten instinktiv zu Kreuze kroch, eher hatte ich gegen ein starkes Gefühl von Einschüchterung anzukämpfen, und dies gelang mir jedesmal nur, indem ich schroffer reagierte, als es der Anlass erforderte. Schon oft hatte ich mich nach solchen Begegnungen erst für meine anfängliche Zaghaftigkeit und dann für die unangebrachte Aufrichtigkeit getadelt, mit der ich jene überwunden hatte, und mir fest vorgenommen, künftig auf jegliche Fragen, die mir gestellt würden, mit äußerster Knappheit zu antworten und im übrigen den Mund zu halten.

»Haben Sie das Gefühl, Sie könnten hier Probleme bekommen?« fragte der Dean.

»Nein, Sir. Habe ich nicht, Sir.«

»Wie läuft es für Sie im Unterricht?«

»Gut, glaube ich, Sir.«

»Die Kurse bringen Ihnen alles, was Sie sich erhofft haben?«

»Ja, Sir.«

Strenggenommen stimmte das nicht. Für meinen Geschmack waren die Lehrer entweder zu förmlich oder zu leutselig, und in diesen ersten Monaten auf dem Campus hatte ich noch keinen gefunden, der mich so fasziniert hätte wie die, die ich am Robert Treat gehabt hatte. Die Lehrer am Robert

Treat pendelten fast alle die zwölf Meilen von New York City nach Newark zur Arbeit, sie schienen mir voller Tatendrang, und jeder hatte eine Meinung – manche vertraten trotz des herrschenden politischen Drucks entschieden und unverblümt linke Ansichten –, und davon sah ich bei diesen Leuten im Mittelwesten nichts. Zwei meiner Lehrer am Robert Treat waren Juden, schwärmerisch auf eine mir durchaus nicht unvertraute Weise, aber selbst die drei, die keine Juden waren, redeten viel schneller und aggressiver als die Lehrer in Winesburg und brachten aus dem Tohuwabohu auf der anderen Seite des Hudson eine Haltung mit ins Klassenzimmer, die ausgeprägter und härter und insgesamt viel vitaler war und sie auch nicht unbedingt davon abhielt, ihre Aversionen offen zu zeigen. Nachts im Bett, wenn Elwyn in der Koje über mir schlief, dachte ich oft an diese großartigen Lehrer, die ich dort zum Glück gehabt hatte, die ich heftig verehrt hatte und die mich zum erstenmal mit echtem Wissen bekannt gemacht hatten; und ich dachte mit unerwartet liebevollen Gefühlen, die mich beinahe übermannten, an meine Freunde aus der Baseballmannschaft, etwa an meinen italienischen Kumpel Angelo Spinelli, die jetzt alle für mich verloren waren. Am Robert Treat hatte ich nie das Gefühl gehabt, es gebe irgendeine althergebrachte Lebensweise, die alle am College zu bewahren suchten, während sich mir in Winesburg genau der gegenteilige Eindruck aufdrängte, wann immer ich die Fans dort die Vorzüge ihrer »Tradition« preisen hörte.

»Haben Sie ausreichend Kontakte?« fragte Caudwell. »Kommen Sie dazu, andere Studenten kennenzulernen?«

»Ja, Sir.«

Ich wartete, dass er mich aufforderte, ihm alle aufzuzählen, die ich bisher kennengelernt hatte, und nahm an, er werde sich die Namen auf dem Notizblock vor ihm notieren – auf dem oben bereits in seiner Handschrift mein Name stand –, um sie dann in sein Büro zu bestellen und herauszufinden, ob ich die Wahrheit gesagt hatte. Er nahm aber nur eine Karaffe von dem kleinen Tisch neben seinem Schreibtisch, schenkte ein Glas Wasser ein und reichte es mir.

»Danke, Sir.« Ich nippte nur daran, um mich bloß nicht zu verschlucken und einen Hustenanfall zu bekommen. Und dann errötete ich heftig, als mir klar wurde, dass er schon aus meinen ersten Antworten geschlossen haben musste, was für einen trockenen Mund ich hatte.

»Dann scheint das Problem nur darin zu bestehen, dass Sie ein wenig Schwierigkeiten haben, sich in die Situation im Wohnheim einzuleben«, sagte er. »Stimmt das? Wie ich in meinem Brief geschrieben habe, macht es mir Sorgen, dass Sie in den ersten Wochen Ihres Aufenthalts hier bereits drei verschiedene Zimmer bewohnt haben. Können Sie mir mit eigenen Worten schildern, wo die Schwierigkeiten zu liegen scheinen?«

In der Nacht zuvor hatte ich mir eine Antwort zurechtgelegt, denn ich wusste ja, dass es bei dem Gespräch vor allem um meinen neuerlichen Umzug gehen sollte. Nur konnte ich mich jetzt nicht mehr erinnern, was ich hatte sagen wollen.

»Könnten Sie Ihre Frage wiederholen, Sir?«

»Beruhigen Sie sich, junger Mann«, sagte Caudwell. »Nehmen Sie noch einen Schluck Wasser.«

Ich gehorchte. Man wird mich aus dem College werfen, dachte ich. Weil ich zu oft umgezogen bin, wird man mich auffordern, Winesburg zu verlassen. Darauf läuft das hier hinaus. Rausgeworfen, eingezogen, nach Korea geschickt und dort getötet.

»Was gefällt Ihnen an Ihrer Unterbringung nicht, Marcus?«

»In dem Zimmer, das mir als erstes zugewiesen wurde« – ja, da waren sie, die Worte, die ich mir aufgeschrieben und auswendig gelernt hatte –, »ließ einer meiner drei Mitbewohner jeden Abend, wenn ich mich ins Bett gelegt hatte, seinen Plattenspieler laufen, so dass ich nicht einschlafen konnte. Und ich brauche Schlaf, um meine Arbeit tun zu können. Die Situation war nicht hinnehmbar.« Ich hatte mich in letzter Minute für »nicht hinnehmbar« anstelle von »unerträglich« entschieden, das Adjektiv, mit dem ich meine Rede in der Nacht einstudiert hatte.

»Aber hätten Sie beide sich nicht zusammensetzen und eine für Sie beide akzeptable Zeit ausmachen können, wo er seine Platten hören konnte?« fragte Caudwell. »Mussten Sie gleich ausziehen? Es gab keine andere Möglichkeit?«

»Ja, ich musste ausziehen.«

»Unmöglich, einen Kompromiss zu finden?«

»Nicht mit ihm, Sir.« Weiter ging ich nicht, in der Hoffnung, er fände es vielleicht bewundernswert, dass ich Flusser vor einer Bloßstellung bewahren wollte, indem ich seinen Namen nicht erwähnte.

»Haben Sie oftmals Schwierigkeiten, Kompromisse mit Leuten zu schließen, mit denen Sie nicht einer Meinung sind?«

»›Oftmals‹ würde ich nicht sagen, Sir. Ich möchte sogar sagen, dass mir so etwas noch nie zuvor passiert ist.«

»Und was war mit Ihrem zweiten Zimmergenossen? Das

Zusammenleben mit ihm scheint ja auch nicht geklappt zu haben. Sehe ich das richtig?«

»Ja, Sir.«

»Woran hat das Ihrer Meinung nach gelegen?«

»Unsere Interessen waren nicht miteinander vereinbar.«

»Also gab es auch dort keinen Spielraum für Kompromisse.«

»Nein, Sir.«

»Und jetzt wohnen Sie allein, wie ich sehe. In der Neil Hall, ganz allein unterm Dach.«

»So spät im Semester habe ich kein anderes freies Zimmer finden können, Sir.«

»Trinken Sie noch etwas Wasser, Marcus. Das hilft.«

Aber mein Mund war jetzt nicht mehr trocken. Ich schwitzte auch nicht mehr. Tatsächlich machte es mich wütend, dass er sagte: »Das hilft«, als ich gerade das Gefühl hatte, die schlimmste Nervosität überwunden zu haben und mich so gut aufzuführen, wie man es von jemandem in meinem Alter in einer solchen Situation nur erwarten konnte. Ich war wütend, ich war gedemütigt, ich war aufgebracht, ich sah das Glas mit dem Wasser nicht einmal an. Warum musste ich mir dieses Verhör eigentlich gefallen lassen – bloß weil ich von einem Zimmer in ein anderes gezogen war, um die innere Ruhe zu finden, die ich brauchte, um meine Hausaufgaben zu machen? Was ging ihn das an? Hatte er nichts Besseres zu tun, als mich wegen meiner Unterbringung ins Verhör zu nehmen? Ich war ein sehr guter Student – warum nur konnte sich *keiner* meiner unersättlichen Vorgesetzten damit zufriedengeben (damit meinte ich zwei, den Dean und meinen Vater)?

»Was ist mit der Verbindung, der Sie beitreten wollen? Sie nehmen dort wohl Ihre Mahlzeiten ein.«

»Ich will keiner Verbindung beitreten, Sir. Das Verbindungsleben interessiert mich nicht.«

»Können Sie mir denn sagen, was Sie interessiert?«

»Mein Studium, Sir. Lernen.«

»Das ist natürlich bewundernswert. Aber sonst nichts? Haben Sie überhaupt jemanden kennengelernt, seit Sie nach Winesburg gekommen sind?«

»An den Wochenenden arbeite ich im Gasthaus, Sir. Ich habe da einen Job als Kellner im Schankraum. Ich muss arbeiten gehen, weil mein Vater allein nicht für die Kosten meines Studiums aufkommen kann, Sir.«

»Sie brauchen das nicht zu tun, Marcus – Sie brauchen nicht Sir zu mir zu sagen. Sagen Sie Dean Caudwell, oder einfach nur Dean, wenn Sie wollen. Winesburg ist keine Militärakademie, und die Zeiten der Jahrhundertwende sind auch vorbei. Wir haben 1951.«

»Es macht mir nichts aus, Sie mit Sir anzureden, Dean.« Das war gelogen. Es machte mir sehr viel aus. Eben deswegen tat ich es ja! Ich wollte das Wort »Sir« nehmen und ihm in den Arsch stecken, weil er mich in sein Büro befohlen hatte, um dieses Verhör mit mir anzustellen. Ich war ein sehr guter Student. Warum reichte das den Leuten nicht? Ich arbeitete jedes Wochenende. Warum reichte das den Leuten nicht? Ich konnte nicht mal meinen ersten Blowjob erleben, ohne mich dabei zu fragen, was wohl schiefgelaufen sein mochte, dass ich das erleben durfte. Warum reichte *das* den Leuten nicht? Was sollte ich denn sonst noch alles machen, um den Leuten meinen Wert zu beweisen?

Prompt kam der Dean auf meinen Vater zu sprechen. »Hier steht, Ihr Vater ist ein koscherer Metzger.«

»Das glaube ich nicht, Sir. Ich erinnere mich, dass ich nur ›Metzger‹ geschrieben habe. So trage ich es in jedes Formular ein, ganz sicher.«

»Nun, das haben Sie auch hier eingetragen. Ich habe lediglich vermutet, dass er ein koscherer Metzger ist.«

»Das ist er auch. Aber das habe ich nicht hingeschrieben.«

»Das habe ich bereits bestätigt. Aber es ist jedenfalls nicht falsch, ihn etwas genauer als koscheren Metzger zu bezeichnen, oder?«

»Aber was ich geschrieben habe, ist ebensowenig falsch.«

»Mich würde interessieren, warum Sie nicht ›koscher‹ geschrieben haben, Marcus.«

»Weil ich das für nebensächlich gehalten habe. Wenn jemand, der sich hier anmeldet, einen Vater hat, der Dermatologe oder Orthopäde oder Geburtshelfer ist, würde er dann nicht einfach ›Mediziner‹ angeben? Oder ›Arzt‹? Das vermute ich jedenfalls.«

»Aber koscher gehört nicht ganz in dieselbe Kategorie.«

»Wenn Sie mich fragen, Sir, ob ich versucht habe, die Religion zu verheimlichen, in die ich hineingeboren wurde, lautet die Antwort: Nein.«

»Nun, das will ich aber auch hoffen. Das höre ich gern. Jeder hat das Recht, seine Religion offen auszuüben, und das gilt in Winesburg ebenso wie überall sonst in diesem Land. Andererseits haben Sie unter ›religiöse Präferenz‹ nicht ›jüdisch‹ angegeben, obwohl Sie jüdischer Herkunft sind, und wie ich sehe, wurden Sie entsprechend den Bestrebungen unseres Colleges, Studenten dabei zu unterstützen, Kontakte mit Glaubensgenossen zu pflegen, ursprünglich mit jüdischen Kommilitonen zusammengelegt.«

»Ich habe unter religiöse Präferenz *gar nichts* eingetragen, Sir.«

»Das sehe ich selbst. Ich frage mich nur, warum?«

»Weil ich keine habe. Weil ich keine Religion einer anderen vorziehe.«

»Und was gibt Ihnen dann geistigen Halt? Zu wem beten Sie, wenn Sie einmal beten müssen?«

»Ich muss nicht. Ich glaube nicht an Gott, und ich halte nichts vom Beten.« Im Debattierclub der Highschool war ich dafür bekannt gewesen, meine Meinung mit Nachdruck zu vertreten – und das tat ich auch jetzt. »Ich finde Halt an dem, was wirklich ist, nicht an dem, was unwirklich ist. Beten ist für mich eine absurde Angelegenheit.«

»Ach, tatsächlich?« erwiderte er lächelnd. »Und doch tun es so viele Millionen.«

»Millionen waren auch einmal davon überzeugt, dass die Erde eine Scheibe ist, Sir.«

»Ja, das stimmt. Aber darf ich fragen, Marcus, nur so aus Neugier, wie Sie mit Ihrem Leben zurechtkommen – das doch wie unser aller Leben gewiss voller Nöte und Widrigkeiten ist –, wenn Ihnen jeglicher religiöse oder spirituelle Beistand fehlt?«

»Ich bekomme nur Bestnoten, Sir.«

Das lockte ein zweites Lächeln hervor, ein herablassendes Lächeln, das mir noch weniger gefiel als das erste. Ich war jetzt bereit, Dean Caudwell mit allen Fasern meines Herzens dafür zu verachten, dass er mich *dieser* Widrigkeit aussetzte.

»Nach Ihren Noten habe ich nicht gefragt«, sagte er. »Ich kenne Ihre Noten. Sie haben jedes Recht, stolz darauf zu sein, wie ich Ihnen bereits gesagt habe.«

»Wenn das so ist, Sir, dann kennen Sie auch die Antwort auf Ihre Frage, wie ich ohne religiösen oder spirituellen Beistand zurechtkomme. Ich komme ausgezeichnet zurecht.«

Ich spürte, ich war dabei, ihn ernstlich zu ärgern, und zwar auf eine Weise, die nichts Gutes für mich verhieß.

»Nun, wenn ich das sagen darf«, meinte der Dean, »sieht es für mich nicht so aus, als kämen Sie ausgezeichnet zurecht. Zumindest hat es nicht den Anschein, als kämen Sie ausgezeichnet mit den Leuten zurecht, mit denen Sie ein Zimmer teilen. Wie es aussieht, laufen Sie einfach weg, sobald es zwischen Ihnen und einem Zimmergenossen zu einer Meinungsverschiedenheit kommt.«

»Ist es falsch, wenn man eine Lösung darin findet, dass man in aller Ruhe weggeht?« fragte ich, und in meinem Kopf hörte ich mich singen: »Steht auf! Ihr, die ihr nicht Sklaven sein wollt. Mit unserem Fleisch und Blut lasst uns eine neue Große Mauer bauen!«

»Nicht unbedingt, sowenig wie es falsch ist, wenn man eine Lösung darin findet, dass man das Problem in aller Ruhe bespricht und dann bleibt. Sehen Sie, wo Sie jetzt gelandet sind – im unattraktivsten Zimmer auf dem gesamten Campus. In einem Zimmer, in dem seit vielen Jahren niemand mehr freiwillig oder unfreiwillig gewohnt hat. Es gefällt mir ehrlich gesagt nicht, Sie da oben so ganz allein zu wissen. Es ist das schlechteste Zimmer in ganz Winesburg. Es ist seit hundert Jahren das schlechteste Zimmer auf der schlechtesten Etage im schlechtesten Wohnheim hier. Im Winter ist es eiskalt, und mit Beginn des Frühjahrs wird es zu einem Schwitzkasten voller Fliegen. Und dort wollen Sie Ihre Tage und Nächte als Student unseres Colleges verbringen.«

»Aber ich wohne dort nicht, Sir, weil ich keine religiösen Überzeugungen habe – falls Sie das ein wenig umständlich andeuten wollten.«

»Warum denn dann?«

»Wie ich bereits erklärt habe –«, sagte ich, und inzwischen sang die Stimme in meinem Kopf lauthals »In größter Bedrängnis ist Chinas Volk« –, »konnte ich in meinem ersten Zimmer nicht hinreichend Schlaf finden, weil ich einen Mitbewohner hatte, der es sich nicht nehmen ließ, spätabends seine Platten zu hören und mitten in der Nacht Rezitationsübungen zu machen, und in meinem zweiten Zimmer bin ich an einen Kommilitonen geraten, dessen Benehmen mir unerträglich war.«

»Toleranz scheint nicht gerade zu Ihren Stärken zu gehören, junger Mann.«

»Das hat mir vorher noch nie jemand gesagt, Sir«, sagte ich genau in dem Augenblick, als die Stimme in mir das schönste aller Worte sang: »Em-*pö*-rung!« Plötzlich fragte ich mich, wie das auf chinesisch heißen mochte. Ich wollte es lernen und überall auf dem Campus singen, so laut ich konnte.

»Es scheint, es gibt so manches, was Ihnen vorher noch nie jemand gesagt hat«, antwortete er. »Aber ›vorher‹ haben Sie zu Hause gewohnt, im Schoß Ihrer Familie. Jetzt leben Sie als selbständiger Erwachsener mit zwölfhundert anderen zusammen, und wenn Sie hier in Winesburg eins lernen müssen, einmal abgesehen von Ihrem Unterrichtsstoff, dann ist es dies: Sie müssen lernen, mit anderen Menschen auszukommen und auch solchen Leuten gegenüber tolerant zu sein, die nicht exakt so sind wie Sie.«

Aufgewühlt von meinem heimlichen Gesang, platzte ich heraus: »Wie wär's denn mal mit etwas Toleranz *mir* gegenüber? Entschuldigen Sie, Sir, ich möchte nicht frech oder unverschämt werden. Aber«, und zu meiner eigenen Verblüffung beugte ich mich vor und schlug mit der Faust auf seinen Schreibtisch, »worin genau besteht das Verbrechen, das ich begangen habe? Ich bin zweimal umgezogen, ich bin von einem Zimmer in ein anderes gezogen – ist das am Winesburger College ein Verbrechen? Macht mich das zum Angeklagten hier?«

Jetzt schenkte er sich ein Glas Wasser ein und nahm einen ausführlichen Schluck. Ach, hätte ich es ihm nur freundlich einschenken können! Hätte ich ihm nur das Glas reichen und sagen können: »Beruhigen Sie sich, Dean. Versuchen Sie's doch einmal damit.«

Großmütig lächelnd, sagte er: »Hat hier jemand von einem Verbrechen gesprochen, Marcus? Sie zeigen eine Vorliebe für theatralische Übertreibung. Das ist nicht von Vorteil für Sie und ist ein Charakterzug, über den Sie einmal nachdenken sollten. Jetzt erzählen Sie mir, wie Sie mit Ihrer Familie auskommen? Ist zu Hause alles in Ordnung zwischen Ihrer Mutter, Ihrem Vater und Ihnen? Dem Formular hier, wo Sie schreiben, dass Sie keine religiöse Präferenz haben, entnehme ich, dass Sie auch keine Geschwister haben. Sie sind also zu Hause zu dritt, wenn ich Ihren Eintrag hier als korrekt ansehen darf.«

»Warum sollte das nicht korrekt sein, Sir?« Halt die Klappe, sagte ich zu mir. Halt die Klappe, hör sofort auf, marschier nicht weiter voran! Aber ich konnte nicht. Ich konnte nicht, weil nicht ich eine Vorliebe fürs Übertreiben hatte, sondern der Dean: dieses Gespräch selbst fand nur statt, weil er der Frage, in welchem Zimmer ich wohnte, eine grotesk übersteigerte Bedeutung beimaß. »Ich habe korrekt geantwortet, als ich schrieb, dass mein Vater Metzger sei«, sagte ich. »Er ist Metzger. Ich bin nicht der einzige, der ihn als Metzger bezeichnen würde. Er selbst würde sich als Metzger bezeichnen. Sie waren es, der ihn als koscheren Metzger bezeichnet hat. Ich habe nichts dagegen. Aber deswegen brauchen Sie noch lange nicht anzudeuten, ich hätte mein Bewerbungsformular für Winesburg in irgendeiner Weise inkorrekt ausgefüllt. Es war auch nicht inkorrekt, dass ich unter religiöse Präferenz nichts eingetragen habe –«

»Wenn ich Sie unterbrechen darf, Marcus. Wie kommen Sie drei, aus Ihrer Sicht, miteinander aus? Diese Frage hatte ich Ihnen gestellt. Sie, Ihre Mutter und Ihr Vater – wie kommen Sie miteinander aus? Eine offene Antwort, bitte.«

»Meine Mutter und ich kommen hervorragend miteinander aus. Schon immer. Und auch mein Vater und ich sind praktisch mein ganzes Leben lang hervorragend miteinander ausgekommen. Von meinem letzten Jahr auf der Grundschule, bis ich aufs Robert Treat kam, habe ich stundenweise bei ihm in der Metzgerei mitgearbeitet. Wir waren einander so nahe, wie Vater und Sohn nur sein können. In letzter Zeit hat es einige Spannungen zwischen uns gegeben, die uns beide unglücklich gemacht haben.«

»Spannungen aus welchem Grund, wenn ich fragen darf?«

»Er hat sich unnötig Sorgen wegen meiner Selbständigkeit gemacht.«

»Unnötig, weil er keinen Grund hat?«

»Überhaupt keinen.«

»Macht er sich zum Beispiel Sorgen wegen Ihrer Unfähigkeit, sich auf Ihre Mitbewohner hier in Winesburg einzustellen?«

»Von meinen Mitbewohnern habe ich ihm gar nichts erzählt. Ich hielt das nicht für wichtig. Im übrigen ist ›Unfähigkeit, mich einzustellen‹ nicht geeignet, die Angelegenheit zu beschreiben, Sir. Es geht mir lediglich darum, nicht durch überflüssige Probleme vom Lernen abgelenkt zu werden.«

»Dass Sie in nicht einmal zwei Monaten zweimal umgezogen sind, würde ich nicht für ein überflüssiges Problem halten, und Ihr Vater bestimmt auch nicht, wenn er von der Situation unterrichtet wäre – worauf er nebenbei bemerkt ein Recht hätte. Ich glaube auch nicht, dass Sie diese Umzüge auf sich genommen hätten, wenn Sie selbst das nur als ›überflüssiges Problem‹ betrachten würden. Aber wie dem auch sei, Marcus, haben Sie sich, seit Sie hier in Winesburg sind, schon einmal mit einem Mädchen verabredet?«

Ich errötete. »Steht auf! Ihr, die ihr nicht –« »Ja«, sagte ich.

»Mit einigen? Mehreren? Vielen?«

»Mit einer.«

»Nur einer.«

Bevor er es wagen konnte, zu fragen, mit wem, bevor ich ihren Namen aussprechen musste und bedrängt wurde, auch nur eine einzige Frage zu dem, was zwischen uns geschehen war, zu beantworten, erhob ich mich von meinem Stuhl. »Sir«, sagte ich, »ich protestiere dagegen, auf diese Weise verhört zu werden. Ich verstehe nicht, was das bezwecken soll. Ich verstehe nicht, warum ich Fragen über meine Beziehungen zu meinen Zimmergenossen oder mein Verhältnis zu meiner Religion oder meine Einschätzung der Religion irgendwelcher anderer Leute beantworten soll. Das alles ist meine Privatangelegenheit, ebenso wie meine sozialen Kontakte und mein Leben überhaupt. Ich verstoße gegen kein Gesetz, mein Verhalten fügt niemandem Schmerz oder Schaden zu, und mit nichts, was ich getan habe, habe ich irgend jemandes Rechte verletzt. Wenn hier irgend jemandes Rechte verletzt werden, dann meine.«

»Nehmen Sie bitte wieder Platz und erklären Sie sich.«

Ich setzte mich und trank, diesmal aus eigener Initiative, einen großen Schluck Wasser. Ich konnte das unmöglich noch länger hinnehmen – aber wie konnte ich kapitulieren, wenn er im Unrecht war und ich im Recht? »Ich protestiere dagegen, dass ich vierzigmal den Gottesdienst besucht haben muss, bevor ich mich zum Examen anmelden darf. Ich verstehe nicht, mit welchem Recht das College mich zwingt, auch nur ein einziges Mal einem Geistlichen egal welchen Glaubens zuzuhören, mir auch nur ein einziges Mal ein Kirchenlied anzuhören, in dem die christliche Gottheit angerufen wird, vor allem wenn man sich die Tatsache vor Augen hält, dass ich als Atheist die Praktiken und Überzeugungen jeder organisierten Religion als ausgemachtes Ärgernis empfinde.« Ich fühlte mich so geschwächt, dass ich mich jetzt nicht mehr bremsen konnte. »Ich brauche mir nicht von professionellen Moralisten predigen zu lassen, wie ich mich verhalten soll. Und gewiss brauche ich keinen Gott, der mir das sagt. Ich bin durchaus in der Lage, ein moralisch einwandfreies Leben zu führen, ohne irgendwelchen Vorstellungen zu folgen, die unmöglich zu beweisen und absolut unglaubwürdig sind, in meinen Augen Märchen für Kinder, erzählt von Erwachsenen und so wenig auf Tatsachen gegründet wie der Glaube an den Weihnachtsmann. Ich nehme an, Dean Caudwell, dass Sie mit den Schriften von Bertrand Russell vertraut sind. Bertrand Russell, der berühmte britische Mathematiker und Philosoph, hat letztes Jahr den Nobelpreis für Literatur bekommen. Eins der literarischen Werke, für die er mit dem Nobelpreis ausgezeichnet wurde, ist ein vielgelesener Essay, den er erstmals 1927 als Vortrag gehalten hat. Der Titel lautet: ›Warum ich kein Christ bin‹. Sind Sie mit diesem Essay vertraut, Sir?«

»Bitte setzen Sie sich wieder«, sagte der Dean.

Ich gehorchte, fuhr dann aber fort: »Ich frage, ob Sie mit diesem sehr bedeutenden Essay von Bertrand Russell vertraut sind. Ich nehme an, die Antwort ist nein. Nun, ich bin vertraut damit, weil ich es mir als Leiter des Debattierclubs meiner Highschool zur Aufgabe gemacht habe, große Teile davon auswendig zu lernen. Noch habe ich nichts davon vergessen, und ich habe mir vorgenommen, dass es auch nie dazu kommen soll. In diesem Essay und anderen ähnlichen argumentiert Russell nicht nur gegen die christliche Vorstellung von Gott, sondern gegen die von allen großen Weltreligionen gehegten Vorstellungen von Gott, die Russell eine wie die andere für falsch und schädlich hält. Wenn Sie seinen Essay lesen – und im Interesse einer aufgeschlossenen Einstellung möchte ich Ihnen das dringend nahelegen –, werden Sie feststellen, dass Bertrand Russell, einer der führenden Logiker der Welt, ein Philosoph und Mathematiker, mit glasklarer Logik sämtliche existierenden Gottesbeweise widerlegt: den Beweis einer ersten Ursache, den Beweis durch das Naturgesetz, den teleologischen Beweis, die moralischen Gottesbeweise sowie den Beweis, der sich auf das Argument der ausgleichenden Gerechtigkeit stützt. Um Ihnen zwei Beispiele zu nennen. Erstens sagt er zu der Frage, warum das Argument von der ersten Ursache nicht stichhaltig ist: ›Wenn alles eine Ursache haben muss, dann muss auch Gott eine Ursache haben. Wenn es etwas geben kann, das keine Ursache hat, kann das ebensogut die Welt wie Gott sein.‹ Zweitens erklärt er zum teleologischen Gottesbeweis: ›Meinen Sie, wenn Ihnen Allmacht und Allwissenheit und dazu Jahrmillionen gegeben wären, um Ihre Welt zu vervollkommnen, dass Sie dann nichts Besseres als den Ku-Klux-Klan oder die Faschisten hervorbringen könnten?‹ Ferner erörtert er die Mängel in den Lehren Christi, so wie sie aus den Evangelien hervorgehen, und bemerkt gleichzeitig, dass die Existenz Christi historisch höchst zweifelhaft ist. Den schwerwiegendsten Mangel in Christi Moral und Charakter sieht er darin, dass Christus an die Hölle glaubt. Russell schreibt: ›Ich meinerseits finde nicht, dass jemand, der wirklich zutiefst menschenfreundlich ist, an eine ewigwährende Strafe glauben kann‹, und er beschuldigt Christus einer rachsüchtigen Wut auf jene Menschen, die nicht auf seine Predigten hören wollten. Mit absoluter Objektivität legt er dar, wie die Kirchen den menschlichen Fortschritt verzögert haben und wie sie durch ihr Festhalten an etwas, was sie als Moral definiert haben wollten, allen möglichen Leuten unverdientes und unnötiges Leiden zufügen. Religion, erklärt er, stützt sich vor allem und hauptsächlich auf Angst – Angst vor dem Geheimnisvollen, Angst vor Niederlagen, Angst vor dem Tod. Angst, sagt Bertrand Russell, ist die Mutter der Grausamkeit, und deshalb ist es kein Wunder, dass Grausamkeit und Religion jahrhundertelang Hand in Hand gegangen sind. Wir sollten die Welt mit unserer Intelligenz erobern, sagt Russell, und uns nicht nur sklavisch von dem Schrecken, der durch das Leben in der Welt erzeugt wird, unterdrücken lassen. Die ganze Vorstellung von Gott, sagt er zum Schluss, ist eine Vorstellung, die freier Menschen unwürdig ist. Das sind die Gedanken eines Nobelpreisträgers, der wegen seiner Beiträge zur Philosophie, wegen seiner überragenden Leistungen in Logik und Erkenntnistheorie hohes Ansehen genießt, und ich stimme vollkommen mit ihnen überein. Ich habe diese Gedanken studiert und gründlich durchdacht, und ich habe vor, mein Leben danach auszurichten, und wie Sie mir sicher zubilligen werden, Sir, habe ich jedes Recht dazu.«

»Setzen Sie sich bitte«, sagte der Dean noch einmal.

Ich tat es. Dass ich wieder aufgestanden war, hatte ich gar nicht gemerkt. Aber so kann es einem geschehen, der in bedrängter Lage den mitreißenden, dreimal wiederholten Aufruf »Steht auf!« vernimmt.

»Sie und Bertrand Russell tolerieren also weder organisierte Religionen«, sagte er, »noch die Geistlichkeit und nicht einmal den Glauben an Gott, sowenig, wie Sie, Marcus Messner, Ihre Mitbewohner tolerieren – und, soweit ich das zu beurteilen vermag, einen liebevollen, tüchtigen Vater, dessen Sorge um das Wohlergehen seines Sohns für ihn von höchster Bedeutung ist. Ich bin mir sicher, dass es ihn finanziell nicht unbeträchtlich belastet, Sie fern von zu Hause aufs College zu schicken. Ist es nicht so?«

»Was meinen Sie, warum ich im New Willard House arbeite, Sir? Ja, es ist so. Aber ich glaube, das habe ich Ihnen bereits erzählt.«

»Nun, sagen Sie mir, und lassen Sie Bertrand Russell diesmal weg – tolerieren Sie überhaupt *irgendwelche* Glaubensüberzeugungen, wenn sie den Ihren zuwiderlaufen?«

»Ich möchte meinen, Sir, wenn es religiöse Anschauungen gibt, die von wahrscheinlich neunundneunzig Prozent der Studenten, Professoren und Verwaltungsmitarbeiter hier in Winesburg nicht toleriert werden, dann sind es die meinen.«

Jetzt schlug er meine Akte auf und begann langsam darin zu blättern, vielleicht, um seine Erinnerung an meine Noten aufzufrischen, vielleicht (hoffte ich), um sich davon abzuhalten, mich wegen der Anklage, die ich mit solchem Nachdruck gegen das gesamte College erhoben hatte, auf der Stelle der Schule zu verweisen. Vielleicht auch nur, um den Anschein zu erwecken, dass er, sosehr man ihn in Winesburg schätzte und bewunderte, gleichwohl jemand sei, der Widerspruch ertragen konnte.

»Ich sehe hier«, sagte er, »dass Sie Anwalt werden wollen. Dieses Gespräch nährt meine Überzeugung, dass Sie das Zeug haben, ein außerordentlich guter Anwalt zu werden.« Ohne zu lächeln fuhr er fort: »Ich sehe Sie schon eines Tages vor dem Obersten Gerichtshof der Vereinigten Staaten ein Plädoyer halten. Und mit Erfolg, junger Mann, mit Erfolg. Ich bewundere Ihre Geradlinigkeit, Ihre Diktion, die Struktur Ihrer Sätze – ich bewundere Ihre Zähigkeit und das Selbstbewusstsein, mit dem Sie Ihren Standpunkt vertreten. Ich bewundere Ihre Fähigkeit, abstrusen Lesestoff auswendig zu lernen und im Gedächtnis zu behalten, auch wenn ich nicht unbedingt bewundere, wen oder was Sie lesen, und auch der Leichtgläubigkeit nichts abgewinnen kann, mit der Sie rationalistische Blasphemien für bare Münze nehmen, Blasphemien eines sittenlosen Menschen wie Bertrand Russell – viermal verheiratet, ein unverfrorener Ehebrecher, ein Befürworter der freien Liebe, einer, der sich selbst als Sozialisten bezeichnet, der wegen seiner Antikriegskampagne im Ersten Weltkrieg seines Universitätspostens enthoben und dafür von der britischen Obrigkeit ins Gefängnis geworfen wurde.«

»Aber was ist mit dem Nobelpreis!«

»Ich bewundere Sie sogar jetzt, Marcus, wenn Sie auf meinen Schreibtisch schlagen und aufspringen und auf mich zeigen, um nach dem Nobelpreis zu fragen. Sie haben Kampfgeist. Ich bewundere das, oder vielmehr würde ich es bewundern, wenn Sie diesen Kampfgeist im Dienste einer Sache einsetzen würden, die dessen würdiger ist als die eines Mannes, der von der Regierung seines Heimatlandes für einen kriminellen Staatsfeind gehalten wird.«

»Ich wollte nicht auf Sie zeigen, Sir. Ich habe gar nicht gemerkt, dass ich das getan habe.«

»Aber Sie haben es getan, junger Mann. Nicht zum erstenmal und wahrscheinlich nicht zum letztenmal. Aber das ist noch das geringste. Dass Bertrand Russell einer Ihrer Helden ist, kommt für mich nicht sehr überraschend. Auf jedem Campus laufen ein paar altkluge Burschen herum, selbsternannte Mitglieder einer intellektuellen Elite, die es nötig haben, sich erhaben und ihren Kommilitonen überlegen zu fühlen, sich sogar ihren Professoren überlegen zu fühlen, und dabei eine Phase durchlaufen, in der sie Agitatoren und Bilderstürmer wie Russell, Nietzsche oder Schopenhauer anhimmeln. Aber wir sind nicht hier, um über diese Dinge zu diskutieren, und selbstverständlich haben Sie das Recht, anzuhimmeln wen auch immer Sie wollen, ganz gleich, wie schädlich der Einfluss und wie gefährlich mir die Schlussfolgerungen eines solchen sogenannten Freidenkers und Reformators von eigenen Gnaden zu sein scheinen. Marcus, was uns heute hier zusammenführt und was mir heute Sorgen macht, ist nicht die Tatsache, dass Sie als Mitglied des Debattierclubs einer Highschool die subversiven Gedanken eines Bertrand Russell, die nur dazu da sind, Unzufriedene und Rebellen heranzuziehen, Wort für Wort auswendig gelernt haben. Was mir Sorgen macht, ist der Mangel an sozialer Kompetenz, den Sie hier am Winesburg College an den Tag legen. Was mir Sorgen macht, ist Ihre Isolation. Was mir Sorgen macht, ist Ihre unverblümte Ablehnung altehrwürdiger Winesburger Traditionen; ich denke dabei etwa an Ihre Reaktion auf die Pflicht zum Besuch des Gottesdienstes, eine leicht zu erfüllende Aufgabe, die Sie nicht mehr als drei Semester lang wöchentlich eine Stunde Ihrer Zeit kostet. Ungefähr genausoviel wie die wöchentliche Sportstunde und auch nicht heimtückischer, wie Sie und ich sehr wohl wissen. In all meinen Jahren hier in Winesburg habe ich noch nie einen Studenten erlebt, der gegen eine dieser beiden Pflichten protestiert hätte, weil er sie als Eingriff in seine Rechte betrachtet hätte, oder weil sie für ihn gleichbedeutend gewesen wären mit einer Verurteilung zur Zwangsarbeit in den Salzminen. Was mir Sorgen macht, ist Ihre mangelnde Fähigkeit, sich in die Winesburger Gemeinschaft einzupassen. Das scheint mir etwas zu sein, was man unverzüglich angehen und im Keim ersticken sollte.«

Ich werde rausgeworfen, dachte ich. Ich werde nach Hause geschickt, und dann werde ich eingezogen und getötet. Er hat kein Wort verstanden von dem, was ich ihm aus »Warum ich kein Christ bin« vorgetragen habe. Oder aber doch, und gerade deswegen werde ich eingezogen und getötet werden.

»Ich habe den Studenten gegenüber sowohl eine persönliche als auch eine berufliche Verantwortung«, sagte Caudwell, »und auch gegenüber ihren Familien –«

»Sir, ich kann das nicht mehr ertragen. Ich glaube, ich muss mich gleich übergeben.«

»Wie bitte?« Caudwells Geduld war erschöpft, und seine verblüffend funkelnden, kristallblauen Augen fixierten mich jetzt mit einer tödlichen Mischung aus Unglauben und Wut.

»Mir ist schlecht«, sagte ich. »Ich glaube, ich muss mich gleich übergeben. Ich kann es nicht ertragen, wenn mir solche Vorträge gehalten werden. Ich bin kein Unzufriedener. Ich bin kein Rebell. Keins dieser Worte passt zu mir, es ärgert mich, wenn sie auf mich angewendet werden, auch wenn nur andeutungsweise so getan wird, als könnten sie auf mich zutreffen. Ich habe nichts getan, womit ich diese Predigt verdient hätte, ich habe lediglich ein Zimmer gesucht, in dem ich mich ungestört meinen Studien widmen und den Schlaf finden kann, den ich brauche, um meine Arbeit zu tun. Ich habe gegen keine Vorschrift verstoßen. Ich habe jedes Recht, Kontakte zu knüpfen oder nicht zu knüpfen, in dem Maße, wie es mir gefällt. Mehr ist dazu nicht zu sagen. Es ist mir gleichgültig, ob es in dem Zimmer warm oder kalt ist – das geht nur mich etwas an. Es ist mir gleichgültig, ob es voller Fliegen oder nicht voller Fliegen ist. Darum geht es nicht! Darüber hinaus muss ich Sie darauf aufmerksam machen, dass Ihre Argumentation gegen Bertrand Russell keine auf Vernunftgründen basierende und sich an den Verstand wendende Argumentation gegen seine Ideen war, sondern eine an Vorurteile appellierende Argumentation gegen seinen Charakter, mithin ein Angriff *ad hominem*, der aus Sicht der Logik wertlos ist. Sir, ich bitte Sie mit allem Respekt um Erlaubnis, aufstehen und Ihr Büro verlassen zu dürfen, denn ich fürchte, ich werde mich übergeben müssen, wenn ich das nicht tue.«

»Selbstverständlich können Sie gehen. So verfahren Sie mit allen Ihren Schwierigkeiten, Marcus – Sie gehen. Ist Ihnen das noch niemals aufgefallen?« Abermals verzog er den Mund zu einem vernichtend unaufrichtigen Lächeln und fügte hinzu: »Entschuldigen Sie, wenn ich Ihre Zeit vergeudet habe.«

Er erhob sich hinter seinem Schreibtisch, und so erhob auch ich mich, offenbar mit seinem Einverständnis, von meinem Stuhl, diesmal, um zu gehen. Aber nicht ohne eine letzte Feststellung zum Abschied, denn mir lag an klaren Verhältnissen. »Weggehen ist *nicht* meine Art, mit Schwierigkeiten fertig zu werden. Denken Sie nur mal daran, welche Mühe ich mir gegeben habe, Ihren Geist für Bertrand Russell zu öffnen. Ich verwahre mich entschieden gegen diese Ihre Bemerkung, Dean Caudwell.«

»Nun, immerhin sind wir jetzt endlich über den ›Sir‹ hinweg … Ach, übrigens, Marcus«, sagte er, als er mich zur Tür brachte, »wie sieht es mit Sport aus? Hier steht, dass Sie an Ihrem ersten College Baseball gespielt haben. Zumindest an Baseball scheinen Sie demnach zu glauben. Welche Position?«

»Zweites Base. Drittes oder Shortstop, wenn ich dort gebraucht wurde. Auch an der Highschool habe ich an verschiedenen Infield-Positionen gespielt.«

»Und Sie möchten in unser Baseballteam?«

»Ich habe bei uns zu Hause für ein sehr kleines College

gespielt. Praktisch jeder, der da mitmachen wollte, wurde auch genommen. In dieser Mannschaft hatten wir Leute, etwa unser Fänger und unser First-Baseman, die nicht mal für eine Highschool-Mannschaft qualifiziert gewesen wären. Ich nehme an, ich bin nicht gut genug, um in die Mannschaft hier aufgenommen zu werden. Die Würfe sind bestimmt härter als das, was ich gewöhnt bin, und den Schläger kürzer fassen, wie ich es bei uns zu Hause getan habe, wird mir bei dem hiesigen Niveau sicher auch nicht helfen, meine Trefferquote zu verbessern. Auf dem Feld könnte ich mich vielleicht behaupten, aber am Schlagmal dürfte ich nicht viel wert sein.«

»Wenn ich Sie richtig verstehe, haben Sie also nicht vor, sich bei unserer Baseballmannschaft zu bewerben, weil Ihnen die Konkurrenz zu stark ist?«

»*Nein, Sir!*« explodierte ich. »Ich will mich deshalb nicht bei der Mannschaft bewerben, weil ich meine Chancen, dort überhaupt aufgenommen zu werden, realistisch sehe! Und ich will meine Zeit nicht mit vergeblichen Mühen verschwenden, wo ich so viel zu lernen habe! Sir, ich muss mich übergeben. Ich hab's Ihnen gesagt. Es ist nicht meine Schuld. Jetzt geht's los – Entschuldigung!«

Und dann erbrach ich mich, wenn auch zum Glück nicht auf den Dean oder seinen Schreibtisch. Den Kopf gesenkt, kotzte ich auf den Läufer. Bei dem Versuch, den Läufer zu verschonen, kotzte ich auf den Stuhl, auf dem ich eben noch gesessen hatte, und als ich mich von diesem wegdrehte, kotzte ich auf das Glas einer der gerahmten Fotografien an der Wand des Büros, die das unbesiegte Winesburger Footballteam von 1924 zeigte.

Ich hatte keine Lust, mich mit dem Dean anzulegen, sowenig wie ich Lust hatte, mich mit meinem Vater oder meinen Zimmergenossen anzulegen. Und dennoch tat ich es, gegen meinen Willen.

Der Dean ließ mich von seiner Sekretärin durch den Flur zur Tür der Herrentoilette bringen, wo ich mir, endlich allein, das Gesicht wusch und mit Wasser gurgelte, das ich mit beiden Händen aus dem Hahn in meinen Mund schöpfte. Ich spuckte so lange ins Waschbecken, bis ich keine Spur von Erbrochenem mehr in Mund oder Kehle schmeckte, dann benetzte ich Papierhandtücher mit heißem Wasser und entfernte damit so gut es ging die Spritzer auf meinem Pullover, auf Hose und Schuhen. Schließlich lehnte ich mich ans Becken und betrachtete im Spiegel den Mund, den ich nicht halten konnte. Ich biss die Zähne so fest zusammen, dass mein angeschlagener Kiefer vor Schmerz zu pochen begann. Warum hatte ich von dem Gottesdienst anfangen müssen? Gottesdienst ist ein Schulfach, erklärte ich meinen Augen – Augen, die zu meiner Verwunderung unglaublich verängstigt dreinschauten. Behandle ihren Gottesdienst als Teil der Arbeit, die du zu leisten hast, um dieses College als Bester deines Jahrgangs zu verlassen – behandle das so, wie du das Ausnehmen der Hühner behandelst. Caudwell hatte recht, egal, wo du hinkommst, immer wird dich dort etwas in den Wahnsinn treiben – dein Vater, deine Mitbewohner, die Pflicht, vierzigmal den Gottesdienst zu besuchen –, also schlag es dir aus dem Kopf, schon wieder das College zu wechseln, und sieh zu, dass du das beste Examen von allen machst!

Doch als ich bereit war, die Toilette zu verlassen, und zu meiner Politologievorlesung gehen wollte, drang mir wieder ein Hauch von Erbrochenem in die Nase, und als ich an mir hinabblickte, entdeckte ich an den Kanten meiner Schuhsohlen noch einige winzige Spritzer. Ich zog die Schuhe aus, trat in Socken ans Waschbecken zurück, nahm Seife und Papiertücher und schrubbte die letzten Reste meines Erbrochenen und die letzten Reste des Geruchs von den Sohlen. Dann zog ich sogar noch die Socken aus und hielt sie mir unter die Nase. Und gerade als ich an meinen Socken schnüffelte, kamen zwei Studenten herein, um die Pissoirs zu benutzen. Ich sagte nichts, erklärte nichts, sondern zog bloß meine Socken an, stieg in meine Schuhe, schnürte sie zu und ging. *So verfahren Sie mit allen Ihren Schwierigkeiten, Marcus – Sie gehen. Ist Ihnen das noch niemals aufgefallen?*

Ich ging nach draußen und stand auf einem wunderschönen Campus im mittleren Westen; es war ein herrlicher, sonnenheller Tag, ein weiterer großartiger Herbsttag, an dem alles um mich her selig verkündete: »Vergnügt euch im Geysir des Lebens! Ihr seid jung und ausgelassen, und der Taumel ist euer!« Neidisch sah ich die Kommilitonen über die mit Ziegelsteinen gepflasterten Pfade wandeln, die kreuz und quer durch den grünen Innenhof führten. Warum vermochte ich ihre Freude am Reichtum eines kleinen Colleges, das allen ihren Bedürfnissen entgegenkam, nicht zu teilen? Warum musste ich statt dessen mit allen in Streit liegen? Es begann zu Hause mit meinem Vater, und von dort hat es mich beharrlich bis hierher verfolgt. Erst Flusser, dann Elwyn, dann Caudwell. Und wer ist schuld, sie oder ich? Wie hatte ich mich so schnell so sehr in Schwierigkeiten bringen können, ich, der ich noch nie im Leben Schwierigkeiten gehabt hatte? Und warum musste ich meine Schwierigkeiten noch vergrößern und einem Mädchen, das erst vor einem Jahr einen Selbstmordversuch begangen und sich die Pulsadern aufgeschnitten hatte, schmeichlerische Briefe schreiben?

Ich setzte mich auf eine Bank, klappte mein Ringbuch auf und begann auf einem leeren Blatt liniierten Papiers noch einmal von vorn. »Bitte antworte mir, wenn ich Dir schreibe. Ich kann Dein Schweigen nicht ertragen.« Aber das Wetter war zu schön und der Campus zu schön, als dass ich Olivias Schweigen unerträglich finden konnte. Alles war zu schön, und ich war zu jung, und meine einzige Aufgabe bestand darin, Bester meines Jahrgangs zu werden! Ich schrieb weiter: »Ich glaube, ich bin kurz davor, meine Sachen zu nehmen und von hier zu verschwinden, weil mir die Pflicht zum Gottesdienstbesuch zuwider ist. Ich würde gern mit Dir darüber reden. Benehme ich mich dumm? Du fragst, wie ich überhaupt hierhergeraten bin? Warum ich mich für Winesburg entschieden habe? Ich schäme mich, es Dir zu sagen. Und jetzt hatte ich gerade ein schreckliches Gespräch mit dem Dean, der seine Nase in einer Art und Weise in meine Angelegenheiten steckt, zu der er, davon bin ich überzeugt, kein Recht hat. Nein, es ging nicht um Dich oder um uns. Es ging um meinen Umzug in die Neil Hall.« Dann riss ich das Blatt so heftig aus dem Notizbuch, als wäre ich mein eigener Vater, und zerfetzte es in Stücke, die ich mir in die Hosentasche stopfte. Uns! Es gab kein Uns!

Ich trug eine gebügelte graue Flanellhose, ein kariertes Sporthemd, einen braunen Pullover mit V-Ausschnitt und weiße Wildlederschuhe. Es war die gleiche Kleidung, die der Junge auf dem Umschlag der Winesburg-Broschüre getragen hatte, die ich mir zusammen mit den Bewerbungsunterlagen für das College hatte schicken lassen. Auf dem Foto schritt er neben einem Mädchen, das zu einem Twinset einen langen dunklen Rock, umgeschlagene weiße Baumwollsocken und glänzende Mokassins trug. Während sie nebeneinander hergingen, lächelte sie ihn an, als habe er eine amüsante, kluge Bemerkung gemacht. Warum ich mich für Winesburg entschieden hatte? Wegen dieses Bildes! Die beiden glücklichen Studenten gingen zwischen großen belaubten Bäumen einher einen grasbedeckten Hügel hinunter, hinter ihnen in der Ferne waren von Efeu überwucherte Backsteingebäude zu sehen, und das Mädchen lächelte den Jungen so verständnisinnig an, und der Junge neben ihr machte einen so zuversichtlichen und unbeschwerten Eindruck, dass ich die Bewerbung ausfüllte und abschickte und binnen weniger Wochen einen positiven Bescheid erhielt. Ohne irgend jemandem davon zu erzählen, hob ich von meinem Sparkonto einhundert von den Dollars ab, die ich von meinem Lohn als Angestellter meines Vaters fleißig gespart hatte, und eines Tages ging ich nach dem Unterricht zur Market Street ins größte Kaufhaus der Stadt und erwarb dort im College Shop die Hose, das Hemd, die Schuhe und den Pullover, die der Junge auf dem Foto trug. Die Winesburg-Broschüre hatte ich mitgenommen; hundert Dollar waren ein kleines Vermögen, und ich wollte keinen Fehler machen. Ich erstand dort auch eine Tweedjacke mit Fischgrätmuster. Am Ende hatte ich gerade noch genug Kleingeld übrig, um mit dem Bus nach Hause fahren zu können.

Ich achtete darauf, die Schachteln mit der Kleidung in unsere Wohnung zu bringen, während meine Eltern im Laden arbeiteten. Sie sollten nicht wissen, dass ich mir die Sachen gekauft hatte. Niemand sollte das wissen. Das waren ganz andere Sachen als die, wie sie von den Jungen am Robert Treat getragen wurden. Dort trugen wir dieselben Sachen, die wir schon auf der Highschool getragen hatten. Man wurde fürs Robert Treat nicht eigens neu ausstaffiert. Allein im Haus, öffnete ich die Schachteln und breitete die Kleidungsstücke auf dem Bett aus, um sie mir anzusehen. Ich legte sie so hin, wie sie angezogen wurden – Hemd, Pullover und Jacke oben, die Hose darunter, die Schuhe ganz unten ans Fußendes des Betts. Dann zog ich alles aus, was ich anhatte, ließ es wie einen Haufen Lumpen zu Boden fallen, zog die neuen Sachen an, ging ins Bad und stieg in meinen neuen weißen Wildlederschuhen mit den blassrosa Gummisohlen auf den zugeklappten Klodeckel, um im Spiegel des Medizinschränkchens mehr von mir zu sehen, als vom gekachelten Fußboden aus möglich war. Die Jacke hatte am Rücken zwei kurze Schlitze. Noch nie hatte ich eine solche Jacke besessen. Bis dahin hatte ich nur zwei Sportjacken gehabt, die eine hatte ich 1945 zu meiner Bar-Mizwa bekommen, die andere 1950 für die Highschool-Abschlussfeier. Mit winzigen Trippelschritten drehte ich mich vorsichtig auf dem Klodeckel, um einen Blick auf meinen Rücken in dieser Jacke mit den Schlitzen zu erhaschen. Ich schob die Hände in die Hosentaschen, um lässig zu erscheinen. Aber da man auf einem Klodeckel stehend unmöglich lässig erscheinen konnte, kletterte ich hinunter und ging ins Schlafzimmer, zog die Sachen wieder aus und legte sie in ihre Schachteln zurück, die ich tief in meinem Kleiderschrank versteckte, hinter meinem Schläger, meinen Spikes, meinen Fanghandschuhen und einem abgewetzten alten Baseball. Ich hatte nicht die Absicht, meinen Eltern von den neuen Kleidern zu erzählen, und erst recht hatte ich nicht vor, sie in

Gegenwart meiner Freunde am Robert Treat zu tragen. Ich wollte sie geheimhalten, bis ich nach Winesburg kam. Die Kleider, in denen ich von zu Hause weggehen würde. Die Kleider, in denen ich ein neues Leben beginnen würde. Die Kleider, in denen ich ein neuer Mensch sein und meine Existenz als Sohn eines Metzgers beenden würde.

Ja, und genau auf diese Kleider hatte ich mich in Caudwells Büro erbrochen. Das waren die Kleider, die ich trug, wenn ich im Gottesdienst saß und mich bemühte, kein gutes, den biblischen Lehren entsprechendes Leben führen zu lernen, und mir statt dessen die chinesische Nationalhymne vorsang. Das waren die Kleider, die ich trug, als mein Zimmergenosse Elwyn mir den Kinnhaken versetzte, der mir beinahe den Kiefer brach. Das waren die Kleider, die ich trug, als Olivia mir in Elwyns LaSalle einen blies. Ja, *das* wäre ein Bild von einem Jungen und einem Mädchen, das den Umschlag der Winesburg-Broschüre zieren sollte: ich in diesen Kleidern, von Olivia mit dem Mund bearbeitet und völlig ratlos, wie ich das verstehen sollte.

»Du siehst mitgenommen aus, Marcus. Alles in Ordnung? Darf ich mich setzen?«

Sonny Cottler stand vor mir in ganz ähnlichen Sachen, wie ich sie trug, nur dass sein Pullover kein normaler brauner war, sondern ein braungrauer mit dem Schriftzug Winesburg auf der Brust, den er als Mitglied der College-Basketballmannschaft bekommen hatte. Das auch. Die Ungezwungenheit, mit der er seine Kleider trug, fügte sich harmonisch zu seiner tiefen Stimme, die vor Souveränität und Selbstbewusstsein nur so strotzte. Die ruhige, sorglose Vitalität und das Gefühl von Unverletzlichkeit, das er ausstrahlte, das waren Eigenschaften, die mich gleichzeitig abstießen und anzogen, vielleicht weil es mir, ob zu Recht oder Unrecht, so vorkam, als stecke dahinter so etwas wie Hochnäsigkeit. Dass er keinerlei Fehler zu haben schien, machte auf mich seltsamerweise den Eindruck, als habe er in Wirklichkeit so gut wie alle Fehler. Andererseits mochte dieser Eindruck nur die Folge von Neid und Ehrfurcht eines jungen Collegestudenten sein.

»Natürlich«, antwortete ich. »Klar. Setz dich.«

»Du siehst völlig fertig aus«, sagte er.

Er hingegen sah natürlich aus, als habe er bei MGM gerade eine Szene mit Ava Gardner abgedreht. »Der Dean hat mich zu sich bestellt. Wir hatten eine Meinungsverschiedenheit. Eine Auseinandersetzung.« Halt den Mund!, sagte ich mir. Wozu ihm das erzählen? Aber ich musste es doch jemandem erzählen, oder? Ich musste mit jemandem reden, und Cottler war nicht unbedingt schon deshalb ein schlechter Mensch, weil mein Vater veranlasst hatte, dass er mich auf meinem Zimmer besuchte. Jedenfalls fühlte ich mich von allen hier so falsch verstanden, dass ich womöglich mein Gesicht gen Himmel erhoben und wie ein Hund geheult hätte, wenn er nicht zufällig vorbeigekommen wäre.

So ruhig ich konnte, erzählte ich ihm von meiner Kontroverse mit dem Dean über den Besuch des Gottesdienstes.

»Aber«, fragte Cottler, »wer geht denn zum Gottesdienst? Du bezahlst irgendwen, der für dich hingeht, und brauchst dich selbst niemals blicken zu lassen.«

»Machst *du* das so?«

Er lachte leise. »Was soll ich denn sonst machen? Ich bin ein einziges Mal hingegangen. Im ersten Semester. Als gerade der Rabbiner da war. Einmal in jedem Semester kommt ein katholischer Priester, und einmal im Jahr lassen sie einen Rabbiner aus Cleveland kommen. Ansonsten haben wir hier immer nur Dr. Donehower und andere große Denker aus Ohio. Die leidenschaftliche Hingabe des Rabbiners an die Idee der Freundlichkeit hat mich für immer vom Gottesdienst geheilt.«

»Wieviel muss man zahlen?«

»Für einen Stellvertreter? Zwei Dollar pro Besuch. Praktisch nichts.«

»Vierzig mal zwei macht achtzig Dollar. Das ist nicht nichts.«

»Schau«, sagte er, »stell dir vor, du brauchst fünfzehn Minuten für den Weg von hier oben zur Kirche. Und für einen wie dich, für einen ernsthaften Menschen wie dich ist es kein Spaß, da zu sein. Du tust das nicht mit einem Lachen ab. Sondern du hockst eine Stunde lang in der Kirche und kochst vor Wut. Dann gehst du fünfzehn Minuten, immer noch kochend vor Wut, hierher zurück, um dich deinen nächsten Aufgaben zuzuwenden. Das macht insgesamt neunzig Minuten. Neunzig mal vierzig ergibt sechzig Stunden Wut. Das ist auch nicht nichts.«

»Wie findet man einen, den man dafür bezahlt? Erklär mir, wie das funktioniert.«

»Derjenige, den du anheuerst, nimmt die Karte, die ihm der Türsteher am Eingang aushändigt, und gibt sie ihm mit deinem Namen beschriftet wieder zurück, wenn er geht. Das ist alles. Meinst du, die haben in ihrem kleinen Büro einen Graphologen, der die Handschrift auf jeder einzelnen Karte überprüft? Die haken deinen Namen auf irgendeiner Liste ab, und das war's. Früher bekam man einen Sitzplatz zugewiesen, und ein Aufseher, der jedes Gesicht kannte, ging in den Gängen auf und ab, um festzustellen, wer fehlte. Damals war Schwänzen nicht drin. Aber nach dem Krieg hat man das abgeschafft, und jetzt brauchst du nur einem Geld zu geben, der für dich da hingeht.«

»Aber wer macht das?«

»Jeder. Jeder, der seine vierzig Gottesdienste schon abgeleistet hat. Das ist Arbeit. Du arbeitest als Kellner im Gasthaus, jemand anders arbeitet als Stellvertreter in der Methodistenkirche. Wenn du willst, besorge ich dir einen. Ich kann auch versuchen, einen zu finden, der es für weniger als zwei Dollar macht.«

»Und wenn der sich verplappert? Dann schmeißen die einen doch hochkant raus.«

»Ich habe noch nie gehört, dass sich da mal jemand verplappert hätte. Das ist ein Geschäft, Marcus. Du triffst eine simple geschäftliche Vereinbarung.«

»Aber Caudwell weiß doch bestimmt davon.«

»Caudwell ist der größte Heilige von allen. Der kann sich gar nicht vorstellen, warum die Studenten nicht nach Dr. Donehowers Predigten *lechzen*, sondern die Stunde am Mittwoch lieber frei hätten, um sich auf ihrem Zimmer einen runterzuholen. Das war wirklich ein großer Fehler, dass du bei Caudwell vom Gottesdienst angefangen hast. Hawes D. Caudwell ist der Götze dieses Colleges. Winesburgs größter Footballspieler, größter Baseballspieler, größter Basketballspieler, größter Repräsentant der ›Winesburger Tradition‹ auf Gottes Erdboden. Wenn du es wagst, ihn von seinem Sockel als Wahrer der Winesburger Tradition zu stürzen, macht er dich fertig. Du weißt, was ein Dropkick ist? Der gute alte Dropkick? Caudwell ist Rekordhalter mit den meisten per Dropkick erzielten Punkten in einer Saison. Und weißt du, wie er jeden einzelnen dieser Dropkicks genannt hat? ›Dropkick für Jesus Christus.‹ Um solche Widerlinge macht man einen Bogen, Marcus. In Winesburg kommt man nur mit Zurückhaltung weiter. Den Mund halten, in Deckung bleiben, immer lächeln – dann kannst du alles machen, was du willst. Nimm das alles nicht persönlich, nimm das alles nicht so ernst, dann wirst du sehen, das hier ist nicht der schlimmste Ort auf der Welt für die besten Jahre deines Lebens. Du hattest bereits das Vergnügen mit der Blowjob-Queen von 1951. Für den Anfang doch gar nicht schlecht.«

»Ich weiß nicht, wovon du redest.«

»Soll das heißen, sie hat dir *keinen* geblasen? Du bist wirklich ein Unikum.«

Ärgerlich sagte ich: »Ich weiß immer noch nicht, worauf du damit anspielst.«

»Ich rede von Olivia Hutton.«

Wut stieg in mir hoch, die gleiche Wut wie auf Elwyn, als er Olivia eine blöde Kuh genannt hatte. »Warum redest du so von Olivia Hutton?«

»Weil Blowjobs im Norden von Ohio hoch im Kurs stehen. Das mit Olivia hat sich schnell herumgesprochen. Mach nicht so ein verblüfftes Gesicht.«

»Das glaube ich nicht.«

»Solltest du aber. Miss Hutton ist nicht ganz dicht.«

»Warum sagst du *das* nun schon wieder? Ich bin mit ihr ausgegangen.«

»Ich auch.«

Das brachte mich völlig aus der Fassung. In einem Zustand völliger Ratlosigkeit, was ich an mir hatte (oder was mir fehlte), das meine Beziehungen zu anderen so furchtbar enttäuschend machte, sprang ich von der Bank auf und eilte zu meiner Politologievorlesung, hörte aber noch, wie Sonny Cottler hinter mir sagte: »›Nicht ganz dicht‹ nehme ich zurück. Okay? Sagen wir, sie ist eine von diesen ziemlich seltsamen Typen, die außerordentlich gut im Bett sind, und das wiederum lässt auf eine leichte Gestörtheit schließen – gut so? Marcus? Marc?«

An diesem Abend musste ich mich noch einmal übergeben, begleitet von stechenden Magenschmerzen und Durchfall, und als mir endlich klar wurde, dass ich krank war und dass das nichts mit meinem Gespräch mit Dean Caudwell zu tun hatte, schleppte ich mich am nächsten Morgen in der Dämmerung zur Krankenstation des Colleges, wo ich, noch bevor die diensthabende Schwester mir irgendwelche Fragen stellen konnte, erst einmal zur Toilette rennen musste. Dann durfte ich mich auf eine Liege legen, um sieben wurde ich vom Arzt untersucht, um acht lag ich in einem Krankenwagen auf dem Weg in das fünfundzwanzig Meilen entfernte Gemeindekrankenhaus, und um zwölf Uhr mittags hatte ich keinen Blinddarm mehr.

Olivia besuchte mich als erste. Sie hatte nachmittags im Geschichtsunterricht von meiner Operation erfahren und kam gleich am nächsten Tag. Als sie an die halb offenstehende Tür meines Zimmers klopfte, hatte ich gerade ein Telefonat mit meinen Eltern beendet, die von Dean Caudwell informiert worden waren, sobald man im Krankenhaus beschlossen hatte, dass ich sofort operiert werden musste. »Gott sei Dank warst du so vernünftig, zum Arzt zu gehen«, sagte mein Vater, »so dass man dich noch rechtzeitig operieren konnte. Gott sei Dank ist nichts Schreckliches passiert.« »Dad, es war mein Blinddarm. Sie haben mir den Blinddarm herausgenommen. Das ist alles.« »Aber angenommen, sie hätten das nicht diagnostiziert.« »Aber sie haben es erkannt. Alles ist perfekt gelaufen. In vier oder fünf Tagen kann ich das Krankenhaus verlassen.« »Du hattest eine Notoperation. Du weißt, was das bedeutet?« »Aber der Notfall ist *vorbei*. Es gibt keinen Grund mehr, sich Sorgen zu machen.« »Wenn es um dich geht, gibt es eine Menge Gründe, sich Sorgen zu machen.«

Hier unterbrach sich mein Vater, weil er husten musste. Es klang schlimmer als je. Als er wieder sprechen konnte, fragte er: »Warum lassen sie dich so früh wieder gehen?« »Vier oder fünf Tage sind normal. Es ist nicht nötig, dass ich länger im Krankenhaus bleibe.« »Ich nehme den Zug und komme zu dir raus, sobald sie dich entlassen haben. Ich mache den Laden zu und komme zu dir raus.« »Nein, Dad. Rede nicht so. Ich weiß dein Angebot ja zu schätzen, aber ich komme im Wohnheim gut zurecht.« »Wer kümmert sich denn da um dich? Du solltest dich bei uns zu Hause erholen, wo du hingehörst. Ich begreife nicht, warum das College nicht darauf besteht. Wie kannst du dich fern von zu Hause erholen, wenn niemand sich um dich kümmert?« »Aber ich darf doch jetzt schon wieder aufstehen. Ich bin fast wieder gesund.« »Wie weit ist das Krankenhaus vom College weg?« Ich war versucht, »Siebzehntausend Meilen« zu sagen, aber er hustete so quälend, dass ich mich nicht über ihn lustig machen konnte. »Keine halbe Stunde mit dem Krankenwagen«, sagte ich.

»Und das Krankenhaus ist ausgezeichnet.« »In Winesburg selbst gibt es kein Krankenhaus? Habe ich dich richtig verstanden?« »Dad, lass mich mit Mutter sprechen. Dieses Gespräch ist mir nicht gerade eine Hilfe. Und dir auch nicht. Du hörst dich schrecklich an.« »Ich höre mich schrecklich an? Du bist es, der Hunderte Meilen von zu Hause im Krankenhaus liegt.« »Bitte, lass mich mit Mutter sprechen.« Als meine Mutter an den Apparat kam, sagte ich ihr, sie müsse irgend etwas unternehmen, um ihn zurückzuhalten, sonst würde ich als nächstes an ein College am Nordpol wechseln, wo es keine Telefone, Krankenhäuser und Ärzte gab, sondern nur Eisbären, die auf den Eisschollen umherpirschten, wo die Studenten, nackt bei Temperaturen unter Null – »Marcus, das reicht. Ich werde dich besuchen.« »Aber du brauchst nicht zu kommen – ihr braucht beide nicht zu kommen. Die Operation war unkompliziert, alles ist vorbei, mir geht es gut.« Sie flüsterte: »*Ich* weiß das. Aber dein Vater wird keine Ruhe geben. Ich nehme den Nachtzug am Samstagabend. Sonst wird niemand in diesem Haus mehr Schlaf finden.«

Olivia. Gerade noch hatte ich mit meiner Mutter gesprochen, und plötzlich war Olivia da, einen Blumenstrauß in den Armen. Sie trat damit an mein Bett.

»Es ist nicht lustig, allein im Krankenhaus zu liegen«, sagte sie. »Die habe ich dir mitgebracht, damit sie dir Gesellschaft leisten.«

»Dann hat sich die Blinddarmentzündung gelohnt«, erwiderte ich.

»Das möchte ich bezweifeln«, sagte sie. »War es sehr schlimm?«

»Nicht mal einen Tag lang. Das Beste war die Szene bei Dean Caudwell. Er hatte mich in sein Büro bestellt, um mich wegen meines Umzugs in die Mangel zu nehmen, und ich hab ihm seine Trophäen vollgekotzt. Und jetzt bist du hier. Eine bessere Blinddarmentzündung kann man sich nicht wünschen.«

»Ich besorg mal eine Vase.«

»Was sind das eigentlich für Blumen?«

»Das weißt du nicht?« sagte sie und hielt mir den Strauß unter die Nase.

»Ich kenne Beton. Ich kenne Asphalt. Blumen kenne ich nicht.«

»Die nennt man Rosen, mein Lieber.«

Als sie ins Zimmer zurückkam, hatte sie die Rosen aus ihrer Papierumhüllung befreit und in eine halb mit Wasser gefüllte Glasvase getan.

»Wo kannst du sie am besten sehen?« fragte sie und sah sich in dem Zimmer um, das zwar klein, aber doch größer und deutlich heller war als mein Zimmer in der Neil Hall. Dort hatte ich nur ein winziges Dachfenster oben in der Schräge, während hier zwei normal große Fenster Ausblick auf einen gepflegten Rasen boten, wo jemand mit einem Rechen das Laub zusammenharkte, um es zu verbrennen. Es war Freitag, der 26. Oktober 1951. Der Koreakrieg währte seit einem Jahr, vier Monaten und einem Tag.

»Am besten sehe ich sie«, sagte ich, »in deinen Händen. Am besten sehe ich sie, wenn du mit ihnen vor mir stehst. Bleib einfach so und lass mich dich und deine Rosen anschauen. Deswegen bin ich hier.« Doch als ich »Hände« sagte, musste ich daran denken, was Sonny Cottler mir von ihr erzählt hatte, und wieder stieg die Wut in mir hoch, und sie richtete sich auf Cottler *und* Olivia. Mein Penis stieg freilich ebenfalls hoch.

»Was bekommst du hier zu essen?« fragte sie.

»Wackelpudding und Gingerale. Ab morgen gibt es Schnecken.«

»Du scheinst ja sehr vergnügt.«

Sie war so schön! Wie hatte sie Sonny Cottler einen blasen können? Andererseits, wie hatte sie mir einen blasen können? Wenn er nur ein einziges Mal mit ihr ausgegangen war, hatte sie ihm bestimmt auch gleich einen geblasen. Auch, die Qual dieses »auch«!

»Schau«, sagte ich und schlug die Bettdecke zurück.

Züchtig senkte sie die Wimpern. »Was geschieht, mein Gebieter, falls jemand hereinkommt?«

Ich konnte nicht glauben, dass sie das gesagt hatte, aber genausowenig konnte ich glauben, was ich gerade getan hatte. Machte sie mich so dreist, machte ich sie so dreist, oder machten wir beide uns gegenseitig so dreist?

»Wird die Wunde dräniert?« fragte sie. »Ist dieser Schlauch da ein Drain?«

»Keine Ahnung. Weiß ich nicht. Kann sein.«

»Und was ist mit den Nähten?«

»Wir sind hier in einem Krankenhaus. Wo wäre man besser aufgehoben, falls sie aufgehen sollten?«

Mit sanft erotischem Hüftschwung kam sie langsam auf mich zu und zeigte mit einem Finger auf meine Erektion. »Du bist schon seltsam. Sehr seltsam«, sagte sie, als sie endlich neben mir stand. »Bestimmt seltsamer, als dir selbst bewusst ist.«

»Ich bin immer seltsam, wenn man mir den Blinddarm rausgenommen hat.«

»Kriegst du immer so einen Riesenständer, wenn man dir den Blinddarm rausgenommen hat?«

»Todsicher.« Riesenständer. Sie hatte Riesenständer gesagt. Stimmte das wirklich?

»Wir sollten das eigentlich nicht tun«, flüsterte sie kokett und nahm meinen Schwanz in ihre Hand. »Wir könnten dafür beide von der Schule fliegen.«

»Dann hör auf«, flüsterte ich zurück, denn sie hatte natürlich recht – genau das würde passieren: erwischt und von der Schule geworfen, würde sie mit Schande bedeckt nach Hunting Valley zurückschleichen müssen, und ich würde eingezogen und getötet.

Aber sie brauchte nicht aufzuhören, sie brauchte nicht einmal anzufangen, denn schon ejakulierte ich hoch in die Luft, und während der Samen auf die Bettdecke regnete, rezitierte Olivia mit lieblicher Stimme: »Ich schoss einen Pfeil hoch in die Luft / Wo fiel er hin? Das wusst ich nicht«, und zwar genau in dem Augenblick, als die Krankenschwester zur Tür hereinkam, um meine Temperatur zu messen.

Sie hieß Miss Clement und war eine korpulente, grauhaarige alte Jungfer in mittleren Jahren, die Verkörperung der aufmerksamen, freundlichen, altmodischen Krankenschwester – im Gegensatz zu den meisten jüngeren Schwestern in dem Krankenhaus trug sie sogar eine gestärkte weiße Haube. Als ich nach der Operation zum erstenmal die Bettpfanne benutzen musste, sprach sie beruhigend auf mich ein: »Ich bin hier, um dir zu helfen, solange du Hilfe brauchst, und hierbei brauchst du jetzt Hilfe, und daran ist überhaupt nichts Peinliches«, während sie behutsam die Bettpfanne vor mich hinschob, mich dann mit feuchtem Toilettenpapier säuberte, schließlich die Pfanne mit meinem Unrat entfernte und mich wieder ordentlich zudeckte.

Und das war nun ihr Lohn dafür, dass sie mir so liebevoll den Arsch abgewischt hatte. Und meiner? Mein Lohn für diese eine kurze Berührung von Olivias Hand würde Korea sein. Miss Clement telefonierte bestimmt schon mit Dean Caudwell, der dann seinerseits mit meiner Familie telefonieren würde. Und mühelos konnte ich mir meinen Vater vorstellen, wie er nach Erhalt dieser Nachricht das Fleischbeil mit solcher Wucht niedersausen ließ, dass der anderthalb Meter dicke, freistehende Metzgerblock, auf dem er normalerweise komplette Kühe zerlegte, krachend in zwei Stücke zersprang.

»Entschuldigung«, murmelte Miss Clement, zog die Tür zu und verschwand. Olivia ging rasch in mein Bad und kam mit Handtüchern zurück, eins für das Bettzeug, das andere für mich.

Mühsam männliche Gelassenheit vortäuschend, fragte ich Olivia: »Was wird sie jetzt machen? Was passiert jetzt?«

»Nichts«, antwortete Olivia.

»Das bringt dich offenbar nicht aus der Ruhe. Liegt das an der vielen Übung, die du hast?«

Ihre Stimme klang heiser, als sie erwiderte: »Das hättest du nicht zu sagen brauchen.«

»Entschuldige bitte. Es tut mir leid. Aber für mich ist das alles noch neu.«

»Du meinst, für *mich* ist das nicht neu?«

»Was war denn mit Sonny Cottler?«

»Ich wüsste nicht, was dich das angeht«, gab sie zurück.
»Das geht mich nichts an?«
»*Nein.*«
»Dich bringt wohl *gar nichts* aus der Ruhe«, sagte ich.
»Woher willst du wissen, dass die Schwester nichts unternimmt?«
»Weil ihr das zu peinlich ist.«
»Wie bist du nur so geworden?«
»So was?« fragte Olivia. Jetzt war sie wütend.
»So – erfahren.«
»Ah ja, Olivia, die Expertin«, sagte sie bitter. »So haben sie auch in der Menninger Clinic von mir gesprochen.«
»Aber es stimmt ja auch. Du hast dich ganz im Griff.«
»Das glaubst du wirklich, oder? Ich, die ich achttausend Stimmungen in jeder Minute habe, die jedes Gefühl wie einen Tornado erlebt, die von einem *Wort*, von einer *Silbe* umgeworfen werden kann – ich habe mich im Griff? Mein Gott, du bist wirklich blind«, sagte sie und ging mit den Handtüchern ins Bad zurück.

Am nächsten Tag kam Olivia mit dem Bus zum Krankenhaus – eine Fahrt von fünfzig Minuten, jeweils hin und zurück –, und wieder kam es in meinem Zimmer zu der gleichen entzückenden Szene, wonach sie aufwischte und, während sie die Handtücher wieder im Bad verstaute, das Wasser in der Vase wechselte, damit die Blumen frisch blieben.

Miss Clement sprach jetzt nicht mehr, wenn sie mir half. Trotz Olivias Versicherung konnte ich nicht glauben, dass sie niemandem etwas erzählt hatte, und dass mich nach der Entlassung aus dem Krankenhaus in der Schule keine Konsequenzen erwarteten. Man hatte mich in meinem Krankenhauszimmer bei sexuellen Handlungen mit Olivia ertappt, und ich war nicht weniger überzeugt, als mein Vater es gewesen wäre, dass in Bälde eine ausgewachsene Katastrophe auf mich zukommen würde.

Olivia fand es faszinierend, dass ich der Sohn eines Metzgers war. Dass ich der Sohn eines Metzgers war, interessierte sie noch weit mehr, als es mich interessierte, dass sie die Tochter eines Arztes war. Ich war noch nie mit der Tochter eines Arztes ausgegangen. Die Väter der meisten Mädchen, die ich kannte, waren Ladenbesitzer wie mein eigener Vater, oder sie waren Verkäufer, die Krawatten, Aluminiumverkleidungen oder Lebensversicherungen verkauften, oder sie waren Handwerker – Elektriker, Klempner und so weiter. Kaum hatte ich im Krankenhaus meinen Orgasmus gehabt, begann sie mich nach dem Geschäft auszufragen, und ich kam sehr schnell dahinter, warum sie das tat: ich war für sie so etwas Ähnliches wie das Kind eines Schlangenbeschwörers oder eines Akrobaten, der unter der Zirkuskuppel großgeworden war. »Erzähl mir mehr«, sagte sie. »Ich möchte mehr darüber hören.« »Warum?« fragte ich. »Weil ich von solchen Dingen gar nichts weiß und weil ich dich so mag. Ich möchte alles über dich erfahren. Ich möchte wissen, was dich zu dir gemacht hat, Marcus.«

»Na ja, das Geschäft hat mich zu mir gemacht, wenn man das so sagen kann, obwohl ich selbst nicht mehr weiß, was genau da gemacht wurde. Ich bin völlig durcheinander, seit ich an diesen Ort geraten bin.«

»Es hat dich fleißig gemacht. Es hat dich ehrlich gemacht. Es hat dich anständig gemacht.«

»Ach, wirklich?« sagte ich. »Die Metzgerei?«
»Allerdings.«
»Dann will ich dir mal von dem Fettmann erzählen«, sagte ich. »Ich will dir erzählen, wie er mich zu einem anständigen Menschen gemacht hat. Mit ihm fangen wir an.«
»Schön. Eine Geschichte. Der Fettmann und wie er Marcus zu einem anständigen Menschen gemacht hat.« Sie lachte in freudiger Erwartung. Das Lachen eines Kindes, das gekitzelt wird. Nichts Ungewöhnliches, und doch bezauberte es mich so sehr wie alles andere an ihr.
»Also, jeden Freitag kam ein Mann zu uns und nahm das ganze Fett mit. Kann sein, dass er einen Namen hatte, kann aber auch sein, dass er keinen hatte. Er war einfach der Fettmann. Einmal die Woche kam er rein, rief: ›Der Fettmann ist da‹, ließ das Fett abwiegen, gab meinem Vater Geld dafür und schleppte es weg. Das Fett lag in der Abfalltonne, einer normalen Zweihundert-Liter-Tonne, in die wir das Fett warfen, das beim Zuschneiden des Fleischs abfiel. Vor den großen jüdischen Feiertagen, wenn die Leute sich mit Fleisch eindeckten, warteten manchmal zwei volle Tonnen auf ihn. Viel Geld wird der Fettmann dafür nicht bezahlt haben. Höchstens ein paar Dollar die Woche. Unser Geschäft liegt an der Kreuzung, wo der Bus in die Stadt hält, die Linie acht zur Lyons Avenue. Und wenn der Fettmann am Freitag das Fett abgeholt hatte, blieben die Tonnen leer zurück, und mir fiel die Aufgabe zu, sie auszuwaschen. Ich weiß noch, wie eins der hübschen Mädchen aus meiner Klasse einmal zu mir sagte: ›Als ich neulich an der Bushaltestelle vor dem Geschäft deines Vaters vorbeikam, hast du gerade die Mülltonnen saubergemacht.‹ Da bin ich zu meinem Vater gegangen und habe gesagt: ›Das ruiniert

mein Ansehen. Ich kann die Mülltonnen nicht mehr saubermachen.‹«

»Du hast sie draußen vor dem Geschäft saubergemacht?« fragte Olivia. »Mitten auf der Straße?«

»Wo sonst?« sagte ich. »Ich nahm eine Scheuerbürste und Ajax, schüttete zusammen mit dem Ajax etwas Wasser hinein und schrubbte die Tonnen sauber. Wenn man das nicht richtig machte, fing es an zu stinken. Wurde ranzig. Aber das interessiert dich bestimmt nicht.«

»Doch, sehr. Erzähl bitte weiter.«

»Ich habe dich für eine Frau von Welt gehalten, aber in mancher Hinsicht bist du noch ein Kind, oder?«

»Aber sicher. Ist das in meinem Alter nicht ein großer Pluspunkt? Möchtest du es anders haben? Mach weiter. Erzähl. Du reinigst also die Mülltonnen, nachdem der Fettmann gegangen ist.«

»Na ja, man nimmt einen Eimer Wasser, kippt ihn rein, schrubbt, und wenn man fertig ist, leert man das Zeug in die Gosse; dort fließt es den Rinnstein entlang, nimmt alle möglichen Abfälle mit, die da liegen, und verschwindet schließlich im Gully an der Ecke. Dann macht man das Ganze ein zweites Mal, und dann ist die Tonne endlich sauber.«

»Und du«, sagte Olivia lachend – nein, nicht lachend, eher am Köder eines Lachens knabbernd –, »du hast also gedacht, mit so was wirst du nicht sehr viele Mädchen aufgabeln können.«

»Genau. Deswegen habe ich zum Boss gesagt – im Geschäft habe ich meinen Vater immer mit Boss angeredet: ›Boss, ich kann die Mülltonnen nicht mehr saubermachen. Die Mädchen aus meiner Schule kommen hier vorbei, warten draußen auf den Bus, sehen mich die Mülltonnen saubermachen, und am nächsten Tag soll ich sie fragen, ob sie am Samstagabend mit mir ins Kino gehen wollen? Boss, das geht nicht.‹ Und er fragte mich: ›Schämst du dich? Warum? Wofür hast du dich zu schämen? Das einzige, wofür man sich schämen muss, ist Diebstahl. Sonst nichts. Du machst die Tonnen sauber.‹«

»Grandios«, sagte sie und bezauberte mich jetzt mit einem ganz anderen Lachen, einem Lachen, das voller Liebe zum Leben und all seinen unerwarteten Reizen war. In diesem Augenblick konnte man meinen, Olivias ganzes Wesen läge in diesem Lachen, während es tatsächlich in ihrer Narbe lag.

Es war auch »grandios« und amüsierte sie sehr, als ich ihr von Big Mendelson erzählte, der für meinen Vater gearbeitet hatte, als ich noch ein kleiner Junge war. »Big Mendelson war ein schlimmes Lästermaul«, sagte ich. »Er hätte eigentlich hinten arbeiten müssen, im Kühlraum, und nicht vorne mit der Kundschaft. Aber ich war erst sieben oder acht, und da er immer so böse Scherze machte und alle ihn Big Mendelson nannten, hielt ich ihn für den lustigsten Menschen der Welt. Am Ende musste mein Vater ihn rausschmeißen.«

»Was hat Big Mendelson denn getan, dass er ihn rausschmeißen musste?«

»Jeden Donnerstagsmorgen«, sagte ich, »kam mein Vater vom Geflügelmarkt und kippte die ganzen Hühner auf einen Haufen; die Leute suchten sich dann einfach aus, was sie fürs Wochenende brauchten. Ein Berg Hühner auf einem Tisch. Wie auch immer, jedenfalls hatten wir eine Kundin, eine Mrs. Sklon, die nahm sich immer ein Huhn und beschnüffelte es, erst am Schnabel, dann am Hinterteil. Dann nahm sie ein anderes Huhn, und wieder schnüffelte sie daran herum, erst am Schnabel, dann am Hinterteil. Das machte sie jede Woche, und nachdem sie es viele Wochen hintereinander so gemacht hatte, konnte Big Mendelson eines Tages nicht mehr an sich halten und sagte zu ihr: ›Mrs. Sklon, würden *Sie* diese Prüfung bestehen?‹ Das brachte sie dermaßen auf die Palme, dass sie ein Messer vom Tresen nahm und sagte: ›Wenn Sie noch ein einziges Mal so mit mir reden, ersteche ich Sie.‹«

»Und deswegen hat dein Vater ihn rausgeworfen?«

»Musste er ja wohl. Inzwischen hatte Big Mendelson viele solche Sachen gesagt. Aber mit Mrs. Sklon hatte er recht. Mrs. Sklon war auch für mich kein Vergnügen, und ich war der netteste Junge der Welt.«

»Daran habe ich nie gezweifelt«, sagte Olivia.

»Man kann es sehen, wie man will, aber so war ich nun mal.«

»Bin. Bist.«

»Mrs. Sklon war die einzige von unseren Kundinnen, die mich nicht mit ihren Töchtern verkuppeln wollte. Ich konnte Mrs. Sklon nicht beschummeln«, sagte ich. »Niemand konnte das. Ich musste sie regelmäßig beliefern. Und jedesmal, wenn ich ihre Einkäufe brachte, nahm sie alles auseinander. Und das waren immer große Bestellungen. Und sie nahm alles aus der Tüte, wickelte die Sachen aus dem Wachspapier und legte jedes einzelne Stück auf die Waage, um zu sehen, ob das Gewicht stimmte. Und ich musste danebenstehen und mir das ansehen. Ich hatte es immer eilig, weil ich die Bestellungen immer so schnell wie möglich ausliefern und zum Schulhof zurückwollte, um weiter Baseball zu spielen. Irgendwann habe ich dann angefangen, ihre Bestellung an ihrer Hintertür abzulegen, auf der obersten Stufe, habe dann nur kurz geklopft und nichts wie weg. Und sie hat mich jedesmal erwischt. Jedesmal. ›Messner! Marcus Messner! Metzgersohn! Komm sofort zurück!‹ Bei Mrs. Sklon hatte ich immer das Gefühl, mitten im Leben zu sein. Bei Big Mendelson hatte ich dieses Gefühl auch. Im Ernst, Olivia. Bei den Leuten in der Metzgerei hatte ich immer dieses Gefühl. Ich habe in der Metzgerei wunderbare Stunden erlebt.« Aber nur, dachte ich, nur solange mein Vater vor lauter Sorgen nicht ganz hilflos geworden war.

»Und sie hatte eine Waage in der Küche, diese Mrs. Sklon – stimmt das?« fragte Olivia.

»In der Küche, ja. Aber die Waage war nicht sehr genau. Das war eine Baby-Waage. Im übrigen hat sie nie etwas zu beanstanden gefunden. Trotzdem hat sie das Fleisch jedesmal nachgewogen, und jedesmal hat sie mich erwischt, wenn ich weglaufen wollte. Ich konnte dieser Frau nicht entkommen. Sie hat mir immer einen Vierteldollar Trinkgeld gegeben. Ein Vierteldollar war ein gutes Trinkgeld. Die meisten haben viel weniger gegeben.«

»Du kommst aus bescheidenen Verhältnissen. Wie Abe Lincoln. Der ehrliche Marcus.«

»Die unersättliche Olivia.«

»Wie war das im Krieg, als das Fleisch rationiert war? Wie war das mit dem Schwarzmarkt? Hat dein Vater sich am Schwarzmarkt betätigt?«

»Ob er den Besitzer des Schlachthofs bestochen hat? Hat er. Aber manchmal hatten seine Kunden keine Fleischmarken, und wenn sie Besuch hatten, wenn die Familie zu Besuch war, sollten sie natürlich ihr Fleisch haben, und so gab er dem

Schlachthofbesitzer wöchentlich etwas Geld und bekam dafür mehr Fleisch von ihm. Nichts Gravierendes. Das ging einfach so. Ansonsten aber hat mein Vater nie gegen das Gesetz verstoßen. Ich glaube, das war das einzige Gesetz, gegen das er jemals verstoßen hat, und in diesen Zeiten hat jeder mehr oder weniger dagegen verstoßen. Weißt du, koscheres Fleisch muss alle drei Tage gewaschen werden. Mein Vater nahm einen Reisigbesen und einen Eimer Wasser und reinigte damit das Fleisch. Aber an jüdischen Feiertagen – obwohl wir selbst uns nicht ganz streng an die Vorschriften hielten, lebten wir doch als Juden in einem jüdischen Viertel, und noch wichtiger, wir waren koschere Metzger – blieb das Geschäft geschlossen. Und einmal hat mein Vater das vergessen, hat er mir erzählt. Nehmen wir an, der Pessach-Seder sollte Montag und Dienstag stattfinden, und er hatte am Freitag davor das Fleisch gewaschen. Montag oder Dienstag hätte er es also wieder tun müssen, aber dieses eine Mal hatte er's vergessen. Niemand wusste, dass er's vergessen hatte, aber er wusste es, und deshalb verkaufte er das Fleisch nicht an seine Kunden. Er packte alles ein und verkaufte es mit Verlust an Mueller, der eine nichtkoschere Metzgerei in der Bergen Street hatte. Sid Mueller. Aber an seine Kunden hätte er es nie verkauft. Lieber nahm er den Verlust auf sich.«

»Du hast also bei ihm im Geschäft gelernt, ehrlich zu sein.«

»Wahrscheinlich. Jedenfalls kann ich nicht behaupten, dass ich jemals etwas Schlechtes von ihm gelernt hätte. Das wäre unmöglich gewesen.«

»Glücklicher Marcus.«

»Findest du?«

»Ich weiß es«, sagte Olivia.

»Erzähl mir, wie es ist, die Tochter eines Arztes zu sein.«

Alle Farbe wich aus ihrem Gesicht, als sie antwortete: »Da gibt es nichts zu erzählen.«

»Du –«

Sie ließ mich nicht weiterreden. »Wo bleibt dein *Taktgefühl*?« sagte sie kühl, und mit einemmal, als sei ein Hebel umgelegt oder ein Stecker gezogen worden – als sei Schwermut über sie hinweggefegt wie ein Gewitter –, verschloss sich ihre Miene ganz und gar. Und zum erstenmal in meiner Gegenwart verschwand auch ihre Schönheit. Einfach weg. Das Spielerische, das Leuchten – einfach weg. Die Freude an den Geschichten aus der Metzgerei – einfach weg und statt dessen nur noch eine furchtbare, kranke Blässe, sobald ich mehr über sie zu erfahren versucht hatte.

Ich täuschte Gleichgültigkeit vor, war aber schockiert, so schockiert, dass ich den Augenblick fast auf der Stelle auslöschte. Mir war schwindlig, als sei ich endlos im Kreis herumgedreht worden, und ich musste erst mein Gleichgewicht wiederfinden, bevor ich antworten konnte: »Also Taktgefühl, gut, dann eben Taktgefühl.« Aber glücklich war ich damit nicht, und zuvor war ich *so* glücklich gewesen, nicht nur, weil ich Olivia zum Lachen gebracht hatte, sondern auch wegen der Erinnerung an meinen Vater, wie er einmal gewesen war – wie er immer gewesen war –, damals, in jenen ungefährdeten, unveränderlichen Zeiten, als jedermann sich sicher und fest an seinem Platz gefühlt hatte. Ich hatte mich an meinen Vater erinnert, als sei er immer noch so, als habe unser Leben niemals diese verrückte Wendung genommen. Und in dieser Erinnerung war er alles andere als hilflos – da war er unumstritten und auf eine kein bisschen tyrannische, sondern ermutigende und sachliche Weise der Boss, und ich, sein Kind und Erbe, hatte mich so erstaunlich frei gefühlt.

Warum wollte sie nicht antworten, als ich fragte, wie es sei, die Tochter eines Arztes zu sein? Zunächst löschte ich diesen Augenblick aus, aber später kehrte er zurück und wollte nicht weichen. War es die Scheidung, von der sie nicht sprechen wollte? Oder war es etwas Schlimmeres? »Wo bleibt dein Taktgefühl?« Warum hatte sie das gesagt? Was hatte das zu bedeuten?

Am Sonntag kurz vor Mittag kam meine Mutter, und wir gingen in den Wintergarten am Ende des Flurs, um ungestört miteinander reden zu können. Ich wollte ihr zeigen, wie gut ich auf den Beinen war, wie weit ich schon gehen konnte und wie wohl ich mich insgesamt fühlte. Ich war begeistert, sie hier zu sehen, weit weg von New Jersey, in einem Teil des Landes, den sie nicht kannte – das hatte es noch nie gegeben –, war mir jedoch bewusst, dass ich, wenn Olivia kam, die beiden miteinander bekannt machen musste und dass meine Mutter, der nichts entging, die Narbe an Olivias Handgelenk bemerken und mich fragen würde, was ich mit einem Mädchen anfangen wolle, das einen Selbstmordversuch begangen habe, eine Frage, auf die ich noch keine Antwort hatte. Kaum eine Stunde verging, in der ich sie mir nicht selber stellte.

Anfangs überlegte ich mir, Olivia zu bitten, mich an dem Tag, an dem meine Mutter kommen wollte, nicht zu besuchen. Aber ich hatte ihr bereits genug weh getan, erst als ich so töricht gewesen war, darauf anzuspielen, dass sie Cottler einen geblasen hatte, und dann, als ich sie in aller Unschuld gefragt hatte, wie es sei, die Tochter eines Arztes zu sein. Ich wollte ihr nicht schon wieder weh tun und tat daher nichts, um ihr aufgeschlitztes Handgelenk vor den Blicken meiner scharfsichtigen Mutter fernzuhalten. Ich tat nichts – und das heißt, ich tat genau das Falsche. Wieder einmal.

Meine Mutter war erschöpft von der nächtlichen Zugfahrt – und von der einstündigen Busfahrt danach –, und obwohl es erst zwei Monate her war, seit ich sie zu Hause gesehen hatte, kam sie mir viel älter und verhärmter vor als die Mutter, die ich zurückgelassen hatte. Ein gehetzter Ausdruck, den ich nicht an ihr gewöhnt war, durchdrang ihre Züge und schien sich bis in die kleinsten Falten ihrer Haut gegraben zu haben. Sosehr ich mich bemühte, sie in bezug auf mich zu beruhigen – und mich in bezug auf sie –, und log, wie glücklich und zufrieden ich mit allem in Winesburg sei, strahlte sie eine für sie so untypische Traurigkeit aus, dass ich schließlich fragen musste: »Ma, stimmt was nicht, wovon ich nichts weiß?«

»Es stimmt was nicht, und du weißt davon. Dein Vater«, sagte sie und verunsicherte mich noch mehr, als sie jetzt zu weinen anfing. »Mit deinem Vater stimmt was nicht, und ich weiß nicht, was.«

»Ist er krank? Hat er was?«

»Markie, ich glaube, er verliert den Verstand. Ich weiß nicht, wie ich das sonst nennen soll. Du erinnerst dich, wie er war, als er nach der Operation mit dir telefoniert hat? So ist er jetzt nur noch, bei allem und jedem. Dein Vater, der jedem Schicksalsschlag in der Familie die Stirn geboten hat, der jede schwierige Phase im Geschäft überstanden hat, der zu den schlimmsten Kunden immer freundlich gewesen ist – selbst damals, du erinnerst dich, als wir überfallen wurden und die Räuber ihn im Kühlraum eingesperrt und die Kasse geplündert hatten, wie er da gesagt hat: ›Das Geld können wir ersetzen. Gott sei Dank ist keinem von uns etwas passiert.‹ Derselbe Mann, der so etwas sagen konnte, und so etwas *glauben* konnte, wird jetzt bei allem, was er tut, von Sorgen zerfressen. Derselbe Mann, der, als Abe im Krieg getötet wurde, Onkel Muzzy und Tante Hilda zusammengehalten hat, der, als Dave im Krieg getötet wurde, Onkel Shecky und Tante Gertie zusammengehalten hat, der bis zum heutigen Tag die ganze Messner-Familie mit allen ihren Tragödien zusammengehalten hat – und jetzt solltest du einmal sehen, was passiert, wenn er nur so etwas Simples tut wie den Lieferwagen fahren. Sein ganzes Leben lang ist er in Essex County herumgefahren, und jetzt, wenn er Bestellungen ausliefert, führt er sich auf, als ob alle auf der Straße wahnsinnig wären, alle außer ihm. ›Sieh dir den an – was macht er denn? Hast du die Frau gesehen – ist die verrückt? Warum müssen die Leute immer noch bei Gelb über die Straße? Wollen die überfahren werden, wollen sie nicht erleben, wie ihre Enkelkinder groß werden und zur Schule gehen und heiraten?‹ Wenn ich ihm das Essen hinstelle, schnüffelt er daran herum, als ob er meint, ich könnte ihn vergiften. Ich übertreibe nicht. ›Ist das frisch?‹ sagt er. ›Riech mal.‹ Essen, von mir selbst in meiner pieksauberen Küche zubereitet, und er verweigert es aus Angst, dass es verdorben ist und er sich daran vergiften könnte. Wir sitzen am Tisch, nur wir zwei, und ich esse, und er isst nicht. Furchtbar. Er sitzt da, nimmt keinen Bissen zu sich und wartet, ob ich tot vom Stuhl falle.«

»Und ist er im Geschäft auch so?«

»Ja. Ständig in Angst. ›Wir verlieren Kunden. Der Supermarkt macht unser Geschäft kaputt. Die verkaufen zweite Qualität als erste, als ob ich das nicht wüsste. Und sie beschummeln die Kunden, verlangen für das Huhn siebzehn Cent pro Pfund und stellen die Waage heimlich auf zwanzig ein. Ich kenne diese Tricks, ich weiß ganz genau, dass sie die Kunden betrügen.‹ Und so geht das Tag und Nacht, mein Junge. Es stimmt, unsere Geschäfte gehen wirklich schlecht, aber in Newark gehen zur Zeit alle Geschäfte schlecht. Die Leute ziehen in die Vorstädte, und die Geschäfte folgen ihnen. In unserem Viertel findet eine große Umwälzung statt. Newark ist nicht mehr das, was es im Krieg einmal war. Viele Leute in der Stadt haben es jetzt plötzlich schwer, aber es ist nicht so, als ob wir verhungern würden. Gewiss, wir haben Auslagen zu bestreiten, aber wer hat das nicht? Klage ich, weil ich wieder arbeiten muss? Nein. Niemals. Aber er tut so, als ob ich das täte. Ich mache die Bestellungen fertig und packe sie ein, wie ich es seit fünfundzwanzig Jahren mache, und er sagt mir: ›Nein, nicht so – das haben die Kunden gar nicht gern! Du hast es so eilig, nach Hause zu kommen, und jetzt sieh dir an, wie du das eingepackt hast!‹ Er beanstandet sogar, wie ich die telefonischen Bestellungen entgegennehme. Die Kunden plaudern immer gern mit mir und geben ihre Bestellungen gern bei mir auf, weil ich sie ernst nehme. Jetzt rede ich auf einmal zuviel mit ihnen. Ihm reißt der Geduldsfaden, weil ich nett zu unseren Kunden bin! Ich nehme am Telefon eine Bestellung entgegen und sage: ›Ach, Ihre Enkel kommen zu Besuch. Das ist aber schön. Wie gefällt's ihnen denn auf der Schule?‹ Und dein Vater nimmt den zweiten Hörer und sagt zu der Kundin: ›Wenn Sie mit meiner Frau schwatzen wollen, rufen Sie abends an, nicht zu den Geschäftszeiten‹ und legt auf. Wenn das so weitergeht, wenn er so weitermacht, wenn ich mir noch lange ansehen muss, wie er mit der Gabel die Erbsen auf seinem Teller herumschiebt und wie ein Verrückter nach der Zyankalikapsel sucht ... Mein Junge, hat er das, was man eine Persönlichkeitsveränderung nennt, oder ist etwas Schreckliches mit ihm geschehen? Ist das etwas Neues – kann das sein? Aus heiterem Himmel? Mit Fünfzig? Oder ist es etwas, das lange verschüttet war und jetzt an die Oberfläche kommt? Habe ich all diese Jahre mit einer Zeitbombe gelebt? Ich weiß nur, dass irgend etwas meinen Mann zu einem anderen gemacht hat. Mein geliebter Mann – von dem ich nicht mehr sagen kann, ob er *ein* Mann ist oder zwei!«

Hier brach sie wieder in Tränen aus, die Mutter, die niemals weinte, niemals schwankte, eine redegewandte, in Amerika geborene Frau, die bei ihm Jiddisch gelernt hatte, um mit den älteren Kunden reden zu können, eine Absolventin der South Side High, die dort eine kaufmännische Ausbildung gemacht hatte und ohne weiteres als Buchhalterin in einem Büro hätte arbeiten können, dann aber bei ihm das Fleischerhandwerk gelernt hatte, um mit ihm im Geschäft zu arbeiten, eine Frau, deren absolute Zuverlässigkeit, deren vernünftige Reden und klare Gedanken mich während meiner ganzen heilen Kindheit mit Zuversicht erfüllt hatten. Und am Ende wurde sie doch noch Buchhalterin – *auch* noch Buchhalterin, sollte ich sagen, denn wenn sie nach einem Tag im Geschäft nach Hause kam, führte sie abends noch die Geschäftsbücher, und den letzten Tag eines jeden Monats verbrachte sie damit, Rechnungen auszustellen; dafür hatten wir unser eigenes liniiertes Briefpapier mit der kleinen Zeichnung einer Kuh links oben und der Zeichnung eines Huhns rechts oben in der Ecke und dem Schriftzug »Messner – Koscheres Fleisch« in der Mitte. Nichts vermochte mir als Kind mehr Auftrieb zu geben als der Anblick dieser Zeichnungen auf unserem Briefpapier und die Kraft meiner beiden Eltern! Einst eine bewundernswerte, gut organisierte, fleißige Familie, die offensichtlich mit sich in Einklang war, und jetzt hatte der eine vor allem und jedem Angst, und die andere war außer sich vor Sorgen über etwas, von dem sie selbst nicht wusste, ob es sich um eine »Persönlichkeitsveränderung« handelte oder nicht – und ich, ich war praktisch von zu Hause weggelaufen.

»Vielleicht hättest du mir das früher sagen sollen«, sagte ich. »Warum hast du mir nicht erzählt, dass das so weit geht?«

»Ich wollte dich nicht damit belasten. Du hast schließlich lernen müssen.«

»Und was meinst du, wann hat das angefangen?«

»An dem Abend, als er dich das erstemal ausgesperrt hat, genau da. Dieser Abend hat alles verändert. Du ahnst ja nicht, wie ich mit ihm gestritten habe, bevor du an diesem Abend nach Hause gekommen bist. Ich habe dir das nie erzählt. Ich wollte ihn nicht noch mehr in Verlegenheit bringen. ›Was bezweckst du damit, wenn du die Tür von innen abschließt?‹ habe ich ihn gefragt. ›Willst du wirklich, dass dein Sohn nicht ins Haus kommen kann, schließt du deshalb die Tür ab? Du denkst, du erteilst ihm eine Lektion‹, habe ich gesagt. ›Was wirst du machen, wenn er *dir* eine Lektion erteilt und zum Schlafen einfach irgendwo anders hingeht? Denn jemand, der noch einen Funken Verstand hat, würde genau das tun, wenn er sieht, dass er ausgeschlossen wurde – der steht nicht in der

Kälte herum und wartet, dass er eine Lungenentzündung kriegt. Der geht irgendwo hin, wo es warm ist und wo er willkommen ist. Er wird zu einem Freund gehen, warte nur ab. Er geht zu Stanley. Oder zu Alan. Deren Eltern werden ihn einlassen. Er wird das nicht einfach tatenlos hinnehmen. Markie nicht.‹ Aber dein Vater wollte nicht nachgeben. ›Wie soll ich wissen, wo er sich um diese Zeit herumtreibt? Wie kann ich wissen, dass er nicht in irgendeinem Freudenhaus ist?‹ Wir liegen im Bett, und er schreit – schreit seine Zweifel heraus, ob mein Sohn in einem Freudenhaus ist oder nicht. ›Wie kann ich wissen‹, fragt er mich, ›dass er nicht in dieser Minute sein ganzes Leben ruiniert?‹ Ich konnte ihn nicht bändigen, und das ist das Ergebnis.«

»Was ist das Ergebnis?«

»Du lebst jetzt mitten in Ohio, und er rennt im Haus herum und schreit: ›Warum muss er sich in einem Krankenhaus fünfhundert Meilen von zu Hause den Blinddarm rausnehmen lassen? Gibt es in New Jersey keine Krankenhäuser, wo man sich den Blinddarm rausnehmen lassen kann? Wir haben hier die besten Krankenhäuser der Welt! Was hat er da draußen überhaupt zu suchen?‹ Angst, Marcus, Angst dringt ihm aus allen Poren, Wut dringt ihm aus allen Poren, und ich bin ratlos, wie ich das abstellen kann.«

»Geh mit ihm zum Arzt, Mom. Geh mit ihm in eins dieser wunderbaren Krankenhäuser von New Jersey. Da sollen sie rausfinden, was mit ihm los ist. Vielleicht können sie ihm etwas geben, das ihn beruhigt.«

»Mach dich nicht lustig darüber, Markie. Mach dich nicht über deinen Vater lustig. Das Ganze hat alle Kennzeichen einer Tragödie.«

»Aber das war mein *Ernst*. Für mich hört sich das an, als ob er einen Arzt aufsuchen sollte. *Irgendwen* aufsuchen sollte. Du kannst das doch nicht alles allein auf dich nehmen.«

»Aber dein Vater ist dein Vater. Der nimmt nicht mal ein Aspirin, wenn er Kopfschmerzen hat. Der gibt niemals nach. Der geht nicht mal wegen seinem Husten zum Arzt. In seinen Augen sind die Leute verzärtelt. ›Das kommt vom Rauchen‹, sagt er, und damit ist die Sache für ihn erledigt. ›Mein Vater hat sein Leben lang geraucht. Ich habe mein Leben lang geraucht. Shecky, Muzzy und Artie haben ihr Leben lang geraucht. Die Messners rauchen. Ich brauche keinen Arzt, der mir erklärt, wie man ein Schultersteak schneidet, und ich brauche keinen Arzt, der mir Vorträge über das Rauchen hält.‹ Beim Autofahren in der Stadt hupt er jeden an, der irgendwie in seine Nähe kommt, und wenn ich sage, er braucht doch nicht jedesmal gleich zu hupen, schreit er: ›Ach *nein*? Wenn hier lauter Irre durch die Straßen fahren?‹ Dabei ist er es selbst – er ist der Irre. Und ich kann das nicht mehr ertragen.«

Sosehr ich mir um meine Mutter Sorgen machte, sosehr es mich beunruhigte, sie so durcheinander zu sehen – sie, die der Anker und die Hauptstütze unserer Familie war, die hinter der Ladentheke der Metzgerei nicht weniger ein Künstler mit dem Fleischbeil war als er –, riefen ihre Worte mir ins Gedächtnis zurück, warum ich in Winesburg war. Vergiss den Gottesdienst, vergiss Caudwell, vergiss Dr. Donehowers Predigten und die Sperrstunden wie im Nonnenkloster und alles andere, was hier nicht in Ordnung ist – ertrage das alles und mach es dir nutzbar. Denn damit, dass du von zu Hause weggegangen bist, hast du dein Leben gerettet. Und seins. Denn irgendwann hätte ich ihn erschossen, um ihn zum Schweigen zu bringen. Auch jetzt hätte ich ihn erschießen können für das, was er ihr antat. Aber was er sich selbst antat, war noch schlimmer. Und wie erschießt man jemanden, dessen mit fünfzig Jahren ausbrechende Verrücktheit nicht nur das Leben seiner Frau zerrüttet und das seines Sohns unwiderruflich verändert, sondern auch sein eigenes zerstört?

»Mom, du musst ihn zu Dr. Shildkret bringen. Zu Dr. Shildkret hat er Vertrauen. Auf Dr. Shildkret schwört er. Hören wir uns an, was Dr. Shildkret meint.« Ich selbst gab nicht allzuviel auf Dr. Shildkret, und schon gar nichts auf seine Meinung. Er war nur deshalb unser Arzt, weil er zusammen mit meinem Vater die Grundschule besucht hatte und bettelarm in derselben Newarker Slumstraße aufgewachsen war wie er. Da Shildkrets Vater »ein fauler Hund« und seine Mutter eine leidgeprüfte Frau war, die nach der freundlichen Einschätzung meines Vaters als »Heilige« zu bezeichnen war, war der dämliche Sohn der beiden unser Hausarzt. Wehe uns, aber ich wusste wirklich nicht, wen oder was sonst ich anders empfehlen sollte als Shildkret.

»Da geht er nicht hin«, sagte meine Mutter. »Ich habe ihm das bereits vorgeschlagen. Er weigert sich. Mit ihm ist alles in Ordnung – was nicht in Ordnung ist, sind alle anderen.«

»Dann geh *du* zu Shildkret. Erzähl ihm, was los ist. Hör dir an, was er sagt. Vielleicht kann er ihn zu einem Spezialisten schicken.«

»Ein Spezialist wofür? Wie man durch Newark fährt, ohne jedes Auto in der Nähe anzuhupen? Nein. Das kann ich deinem Vater nicht antun.«

»Was kannst du ihm nicht antun?«

»Ihn so vor Dr. Shildkret in Verlegenheit bringen. Wenn er

erfährt, dass ich zum Arzt gehe und hinter seinem Rücken über ihn rede, geht er zugrunde.«

»Also lässt du dich lieber von ihm zugrunde richten? Sieh dich doch an. Du bist ein Wrack. Du warst immer so ein starker Mensch, und jetzt bist du ein Wrack. Ein Wrack, wie ich es auch geworden wäre, wenn ich nur einen Tag länger bei ihm in diesem Haus geblieben wäre.«

»Mein Junge« – hier nahm sie meine Hand –, »mein Junge, soll ich es wirklich tun? Kann ich das denn? Ich bin den weiten Weg gekommen, um dich das zu fragen. Du bist der einzige, mit dem ich darüber reden kann.«

»Was sollst du wirklich tun? Was willst du wissen?«

»Ich kann das Wort nicht aussprechen.«

»Welches Wort?« fragte ich.

»Scheidung.« Und dann, meine Hand noch immer in der ihren, hielt sie sich mit unseren beiden Händen den Mund zu. Scheidung war in unserem jüdischen Viertel etwas Unbekanntes. Überhaupt hatte man mir den Eindruck vermittelt, Scheidung sei in der jüdischen Welt so gut wie unbekannt. Scheidung bedeutete Schmach. Scheidung war skandalös. Eine Familie durch eine Scheidung zu zerstören galt praktisch als Verbrechen. Solange ich heranwuchs, hatte ich unter meinen Freunden, meinen Schulkameraden und den Freunden unserer Familie nicht einen einzigen Haushalt kennengelernt, wo die Eltern geschieden oder Alkoholiker waren oder, wenn wir schon dabei sind, auch nur einen Hund besaßen. Ich wurde so erzogen, dass ich alle drei Dinge für abstoßend hielt. Mehr hätte meine Mutter mich nur noch verblüffen können, wenn sie mir erzählt hätte, sie habe sich eine Dänische Dogge angeschafft.

»Oh, Ma, du zitterst ja. Du stehst unter Schock.« So wie ich. Ob sie dazu fähig war? Warum nicht? Ich war nach Winesburg geflohen – warum sollte sie nicht die Scheidung einreichen? »Du bist seit fünfundzwanzig Jahren mit ihm verheiratet. Du liebst ihn.«

Sie schüttelte heftig den Kopf. »Nein! Ich hasse ihn! Wenn ich neben ihm im Auto sitze und er mich anschreit, dass alle im Unrecht sind, alle außer ihm, hasse und verabscheue ich ihn aus tiefstem Herzen!«

Ihre Vehemenz erstaunte uns beide. »Das ist nicht wahr«, sagte ich. »Selbst wenn es jetzt wahr zu sein scheint, ist es kein dauerhafter Zustand. Das liegt nur daran, dass ich weggegangen bin und du ganz allein mit ihm bist und nicht weißt, was du mit ihm anfangen sollst. Bitte geh zu Dr. Shildkret. Wenigstens fürs erste. Frag ihn um Rat.« Gleichzeitig fürchtete ich, dass Shildkret sagen könnte: »Er hat recht. Die Leute können einfach nicht mehr Auto fahren. Ich habe das selbst bemerkt. Wer heutzutage in sein Auto steigt, riskiert sein Leben.« Shildkret war ein Idiot und ein miserabler Arzt, und ich hatte großes Glück gehabt, dass ich meine Blinddarmentzündung weit außerhalb seiner Reichweite bekommen hatte. Er hätte mir ein Klistier verschrieben und mich getötet.

Mich getötet. Das hatte ich von meinem Vater. Ich konnte nur noch daran denken, was mich alles das Leben kosten konnte. *Du bist schon seltsam. Sehr seltsam. Bestimmt seltsamer, als dir selbst bewusst ist.* Und wer, wenn nicht Olivia, sollte seltsames Benehmen erkennen können?

»Ich gehe zu einem Anwalt«, sagte meine Mutter.

»Nein.«

»Doch. Ich war schon bei ihm. Ich habe einen Rechtsanwalt«, sagte sie, so hilflos, wie jemand sagen könnte: »Ich bin bankrott« oder: »Ich werde demnächst lobotomisiert«. »Ich bin allein hingegangen«, sagte sie. »Ich kann mit deinem Vater nicht mehr in diesem Haus leben. Ich kann nicht mehr mit ihm im Geschäft arbeiten. Ich kann nicht mehr mit ihm Auto fahren. Ich kann nicht mehr neben ihm im Bett schlafen. Ich will ihn nicht mehr so in meiner Nähe haben – ich will nicht neben einem so wütenden Menschen liegen. Das macht mir angst. Um dir das zu sagen, bin ich hier.« Jetzt weinte sie nicht mehr. Jetzt war sie plötzlich wieder ihr altes Selbst, sie war bereit und fähig zum Kampf, und nun war ich es, dem die Tränen in die Augen traten, denn ich wusste, dass nichts von all dem geschehen würde, wenn ich zu Hause geblieben wäre.

Man braucht Muskeln, um Metzger zu sein, und meine Mutter hatte Muskeln, und die spürte ich, als sie mich in die Arme nahm und ich zu weinen begann.

Als wir aus dem Wintergarten in mein Zimmer zurückkamen – wobei wir Miss Clement begegneten, die wie die Heilige, die *sie* war, gütig ihren Blick abgewandt hielt –, ordnete Olivia dort gerade einen zweiten Blumenstrauß, den sie bei ihrer Ankunft wenige Minuten zuvor mitgebracht hatte. Sie hatte die Ärmel ihres Pullovers hochgeschoben, um sie beim Füllen der zweiten Vase, die sie aufgetrieben hatte, nicht nass zu machen, und ihre Narbe war deutlich zu sehen, die Narbe oberhalb des Gelenks ebenjener Hand, mit der sie Miss Clement zum Schweigen gebracht hatte, jener Hand, mit der wir mitten im Krankenhaus so unanständige Dinge getan hatten, während die Leute in den anderen Zimmern um uns herum sich an Regeln hielten, die nicht einmal lautes Sprechen gestatteten. Und jetzt fiel mir Olivias Narbe so auf, als habe sie sich erst wenige Tage zuvor die Pulsader aufgeschnitten.

Als Kind war ich von meinem Vater manchmal in den Schlachthof an der Astor Street im Newarker Stadtteil Ironbound mitgenommen worden und auch auf den Geflügelmarkt am hinteren Ende der Bergen Street. Auf dem Geflügelmarkt sah ich, wie Hühner getötet wurden. Ich sah, wie Hunderte von Hühnern nach den koscheren Vorschriften getötet wurden. Als erstes wählte mein Vater die Hühner aus, die er haben wollte. Sie waren in einem Käfig, jeweils etwa fünf Lagen übereinander, und er griff hinein und zog eins heraus, hielt es am Kopf fest, damit es ihn nicht mit dem Schnabel verletzen konnte, und befühlte das Brustbein. Ließ es sich hin und her bewegen, war das Huhn jung und nicht zäh; war es starr, handelte es sich sehr wahrscheinlich um ein altes und zähes Tier. Er blies auch in das Gefieder, um die Haut zu sehen – sie musste gelb sein, ein wenig fettig. Die Hühner, die er auswählte, steckte er in eine Kiste, und dann kam der Schächter und tötete sie nach den Vorschriften des Rituals. Er bog den Hals nach hinten – brach ihn nicht, legte ihn nur nach hinten und rupfte vielleicht ein paar Federn aus, um besser sehen zu können, was er tat – und schnitt dann mit einem sehr scharfen Messer die Kehle durch. Damit das Huhn koscher war, musste die Kehle mit einem einzigen glatten tödlichen Schnitt durchtrennt werden. Eine der seltsamsten Szenen, deren ich mich aus meiner frühen Jugend erinnere, war das Schlachten der nichtkoscheren Hühner, denen der Kopf kurzerhand abgeschlagen wurde. Zack! Plopp! Dann wurde das kopflose Huhn in einen Trichter geworfen. Sechs oder sieben solcher Trichter waren im Kreis angeordnet. Von dort rann das Blut aus dem Körper in ein großes Fass. Manchmal bewegten die Hühner ihre Beine noch, und gelegentlich fiel eins aus dem Trichter und begann tatsächlich, wie man immer wieder hört, mit abgeschnittenem Kopf umherzulaufen. Selbst wenn sie gegen eine Wand liefen, rannten sie weiter. Auch die koscheren Hühner kamen in die Trichter. Das Blutvergießen, das Töten – mein Vater war dagegen abgehärtet, aber mich erschütterte es anfangs natürlich, sosehr ich das auch zu verbergen suchte. Ich war ein kleiner Junge, sechs, sieben Jahre alt, aber das war das Geschäft, und bald lernte ich begreifen, wie schmutzig dieses Geschäft war. Im Schlachthof war es dasselbe, auch dort wurde, um das Tier koscher zu machen, das Blut abgelassen. In einem nichtkoscheren Schlachthaus kann man das Tier erschießen, man kann es bewusstlos schlagen, man kann es auf jede beliebige Weise töten. Aber wenn es koscher sein soll, muss man es verbluten lassen. Und zu meiner Zeit als kleiner Metzgersohn, der lernte, was es mit dem Schlachten auf sich hat, hing man das Tier an einem Fuß auf und wartete, bis alles Blut herausgelaufen war. Zunächst wird eine Kette um ein Hinterbein geschlungen – um es zu fesseln. Die Kette dient aber auch dazu, das Tier hochzuziehen, und das tun sie dann auch rasch, und dann hängt es da, und wenn ihm das Blut in den Kopf und in den Rumpf gelaufen ist, sind sie bereit, es zu töten. Auftritt des Schächters im Scheitelkäppchen. Er nimmt in einer kleinen Nische Platz, zumindest tat er das in dem Schlachthof in der Astor Street, packt den Kopf des Tiers, legt ihn sich auf die Knie, nimmt ein ziemlich großes Messer, spricht eine *bracha* – einen Segen – und schneidet den Hals durch. Wenn er das mit einem einzigen Schnitt vollbringt, die Luftröhre, die Speiseröhre und die Halsschlagader durchtrennt und nicht ans Rückgrat stößt, stirbt das Tier auf der Stelle und ist koscher; wenn er zwei Schnitte braucht oder das Tier krank oder auf irgendeine Weise versehrt oder das Messer nicht vollkommen scharf ist oder das Rückgrat auch nur gestreift wird, ist das Tier nicht koscher. Der Schächter schlitzt die Kehle von Ohr zu Ohr auf und lässt das Tier dort hängen, bis alles Blut herausgeflossen ist. Das sieht aus, als habe er einen Eimer voll Blut, als habe er mehrere Eimer genommen und alle auf einmal ausgeschüttet, denn so schnell schießt das Blut aus den Arterien auf den Fußboden, den Betonboden mit einem Abfluss in der Mitte. Er steht dort in Stiefeln, trotz Abfluss bis zu den Knöcheln in Blut – und das alles habe ich als kleiner Junge gesehen. Sehr oft bin ich dabeigewesen. Mein Vater fand es wichtig, dass ich das sah – derselbe Mann, der jetzt ständig um mich fürchtete und, aus welchen Gründen auch immer, auch um sich selbst.

Mit alledem will ich sagen: Das ist es, was Olivia versucht hatte, sie wollte sich nach kosheren Vorschriften umbringen, indem alles Blut aus ihrem Körper fließen sollte. Wäre ihr das gelungen und hätte sie die Sache fachmännisch mit einem einzigen perfekten Schnitt erledigt, dann hätte sie sich gemäß den rabbinischen Gesetzen koscher gemacht. Olivias verräterische Narbe war das Ergebnis des Versuchs, sich selbst rituell zu schlachten.

Meine Körpergröße hatte ich von meiner Mutter. Sie war eine hochgewachsene, kräftig gebaute Frau, knapp einen Meter achtzig groß und damit nicht nur größer als mein Vater, sondern auch größer als alle anderen Mütter in unserem Viertel.

Mit ihren dunklen buschigen Augenbrauen und dicken grauen Haaren (und, im Geschäft, mit ihren derben grauen Kleidern unter der blutigen weißen Schürze) verkörperte sie die Rolle der Arbeiterin so überzeugend wie die Sowjetfrauen auf den Propagandaplakaten für Amerikas Alliierte in Übersee, die in den Jahren des Zweiten Weltkriegs in den Korridoren unserer Grundschule aufgehängt waren. Olivia war schlank und dunkel und wirkte trotz ihrer gut ein Meter siebzig geradezu winzig neben meiner Mutter, und als die Frau, die es gewohnt war, in einer blutigen weißen Schürze mit langen, scharfen Messern zu hantieren und die schwere Kühlraumtür auf- und zuzumachen und die zwei großen Katzen, die wir in unserem stinkenden Hinterzimmer hielten, mit Abfällen auf einem schmierigen Stück Zeitungspapier zu füttern – nicht um sie zu verhätscheln, sondern damit sie die Mäuse und Ratten in unserem Keller töteten –, als diese Frau nun also Olivia die Hand reichte, sah ich nicht nur, wie Olivia als kleines Kind ausgesehen haben musste, sondern auch, wie wenig sie sich gegen ein verstörendes Ereignis wehren konnte, wenn es mit voller Wucht auf sie zukam. Nicht nur wurde ihre zierliche Hand wie ein kleines Lammkotelett von der mächtigen Bärenpranke meiner Mutter gepackt; sie selbst stand noch immer unter dem Eindruck dessen, was sie nur wenige Jahre jenseits der Kindheit erst zum Trinken und dann an den Rand der Vernichtung getrieben hatte. Sie war nachgiebig und fragil bis ins innerste Mark, ein *verwundetes* kleines Kind, und ich begriff das letztlich nur, weil meine Mutter, selbst wenn sie von meinem Vater attackiert wurde und bereit war, so weit zu gehen, sich von ihm scheiden zu lassen, was gleichbedeutend damit war, ihn zu töten – ja, ich sah auch ihn jetzt tot –, alles andere als fragil und nachgiebig war. Dass mein Vater meine Mutter dazu gebracht haben konnte, allein zu einem Anwalt zu gehen und mit ihm über Scheidung zu sprechen, zeugte nicht von ihrer Schwäche, sondern von der erdrückenden Wucht seiner unerklärlichen Verwandlung, der schlagartigen Umwälzung, die die fortwährende Erwartung von Katastrophen bei ihm herbeigeführt hatte.

Während der ganzen zwanzig Minuten, die sie beide bei mir im Krankenzimmer waren, redete meine Mutter Olivia mit »Miss Hutton« an. Im übrigen war ihr Benehmen einwandfrei, Olivias nicht minder. Sie stellte Olivia keine peinlichen Fragen, fragte sie nicht nach ihrer Vorgeschichte aus, versuchte nicht zu ermitteln, was ihre Blumen womöglich über den Grad unserer Bekanntschaft aussagten – *sie* bewies Taktgefühl. Ich stellte ihr Olivia als die Kommilitonin vor, die mir die Hausaufgaben brachte und die schriftlichen Arbeiten abholte, die ich anfertigte, um im Unterricht nicht zurückzubleiben. Nicht ein einziges Mal ertappte ich sie dabei, dass sie nach Olivias Handgelenken sah, auch ließ sie keinerlei Argwohn oder Missbilligung erkennen. Hätte meine Mutter nicht meinen Vater geheiratet, wäre sie mühelos in der Lage gewesen, Berufe auszuüben, die weit mehr Ansprüche an diplomatische Fähigkeiten und praktische Intelligenz stellten als das, was zur Arbeit in einer Metzgerei erforderlich war. Ihre imposante Gestalt täuschte über die Feinfühligkeit hinweg, die sie aufzubringen vermochte, wenn die Umstände eine Lebensklugheit verlangten, die meinem Vater vollständig abging.

Olivia, wie gesagt, enttäuschte mich ebenfalls nicht. Im Gegensatz zu mir zuckte sie nicht mit der Wimper, wenn sie immer wieder mit Miss Hutton angesprochen wurde. Was an ihr forderte zu dieser Förmlichkeit auf? Jedenfalls nicht die Tatsache, dass sie keine Jüdin war. Meine Mutter war zwar eine jüdische Newarker Provinzlerin, ein Produkt ihrer Zeit, ihrer Klasse und ihrer Herkunft, aber sie war keine dumme Provinzlerin, und sie wusste sehr wohl, dass ihr Sohn, der jetzt im Zentrum des amerikanischen Mittelwestens und in der Mitte des zwanzigsten Jahrhunderts lebte, aller Wahrscheinlichkeit nach die Gesellschaft von Mädchen suchte, die in den vorherrschenden, allgegenwärtigen, praktisch offiziellen amerikanischen Glauben hineingeboren waren. War es demnach Olivias Aussehen, das sie abstieß, ihr privilegiertes Gebaren, das den Anschein erweckte, als habe sie nie im Leben Not leiden müssen? War es ihr schlanker junger Körper? War meine Mutter auf diese geschmeidige zierliche Physis, auf die Fülle dieses kastanienbraunen Haars nicht gefasst gewesen? Warum immer wieder »Miss Hutton« zu einem manierlichen Mädchen von neunzehn Jahren, das, soweit sie das beurteilen konnte, bisher nichts anderes getan hatte, als ihrem Sohn zu helfen, der sich nach einer Operation im Krankenhaus erholen musste? Woran hatte sie Anstoß genommen? Was hatte sie beunruhigt? Bestimmt nicht die Blumen, auch wenn die nicht gerade hilfreich waren. Es konnte nur ein rascher Blick auf die Narbe gewesen sein, der es ihr unmöglich gemacht hatte, Olivias Vornamen auszusprechen. Die Narbe *und dazu* die Blumen.

Die Narbe hatte von meiner Mutter Besitz ergriffen, und Olivia wusste es, und ich wusste es auch. Wir alle wussten es, und das machte es fast unerträglich, dem zuzuhören, was sonst noch gesprochen wurde. Dass Olivia es zwanzig Minuten lang mit meiner Mutter in diesem Raum ausgehalten hatte, war eine herzzerreißende Großtat an Tapferkeit und Stärke.

Sobald Olivia sich verabschiedet hatte, um mit dem Bus nach Winesburg zurückzufahren, ging meine Mutter ins Bad, aber nicht, um sich die Hände zu waschen, sondern um mit Seife und Papierhandtüchern das Waschbecken, die Wanne und die Toilettenschüssel zu putzen.

»Ma, lass das«, rief ich. »Du hast eine lange Zugfahrt hinter dir. Hier ist alles sauber genug.«

»Ich bin hier, es ist nötig, und ich tu's«, sagte sie.

»Es ist *nicht* nötig. Da wurde erst heute morgen geputzt.«

Aber sie hatte es nötiger, als das Bad es nötig hatte. Arbeit – bestimmte Menschen lechzen nach Arbeit, nach irgendeiner Arbeit, so hart oder unerquicklich sie auch sein mag, um die Härte aus ihrem Leben und die zermürbenden Gedanken aus ihrem Kopf zu vertreiben. Als sie herauskam, war sie wieder meine Mutter, das Schrubben und Scheuern hatte die weibliche Wärme wiederhergestellt, die sie mir sonst immer so reichlich zu spenden hatte. Ich musste daran denken, wie mir als Schulkind immer *Ma bei der Arbeit* in den Sinn kam, wenn ich an meine Mutter dachte, *Ma bei der Arbeit*, aber nicht, weil Arbeit eine Last für sie war. Für mich rührte ihre mütterliche Größe gerade daher, dass sie in der Metzgerei ein ebensolches Energiebündel war wie mein Vater.

»Erzähl mir vom College«, sagte sie und setzte sich auf den Stuhl in der Zimmerecke, während ich mich im Bett in meine Kissen lehnte. »Erzähl mir, was du hier lernst.«

»Amerikanische Geschichte bis 1865. Von den ersten Siedlungen in Jamestown und Massachusetts Bay bis zum Ende des Bürgerkriegs.«

»Und das gefällt dir?«

»Ja, Ma, das gefällt mir.«

»Und was lernst du noch?«

»Grundlagen der Politologie.«

»Worum geht es da?«

»Wie die Regierung funktioniert. Worauf sie beruht. Gesetze. Die Verfassung. Die Gewaltenteilung. Die drei Bereiche. Ich hatte Bürgerkunde auf der Highschool, aber da wurden diese Sachen nicht so gründlich durchgenommen. Das ist ein guter Kurs. Wir lesen Quellentexte. Wir lesen einige der berühmten Fälle, die vor dem Obersten Gerichtshof verhandelt wurden.«

»Das ist wunderbar für dich. Genau das, was dich interessiert. Und die Lehrer?«

»Die sind in Ordnung. Nicht gerade Genies, aber ganz gut. Aber das ist nicht das Wichtigste. Ich habe meine Bücher, ich kann die Bibliothek benutzen – ich habe alles, was ein Gehirn zu seiner Ausbildung braucht.«

»Und du bist hier glücklicher als zu Hause?«

»Ich bin hier besser dran, Ma«, sagte ich, und besser dran deshalb, dachte ich, weil du es nicht bist.

»Lies mir etwas vor, mein Junge. Lies mir etwas aus deinen Schulbüchern vor. Ich möchte hören, was du lernst.«

Ich nahm den ersten Band des Werks *Das Werden der Amerikanischen Republik*, den Olivia mir aus meinem Zimmer mitgebracht hatte, schlug ihn an irgendeiner Stelle auf und geriet an den Beginn eines Kapitels, das ich bereits durchgearbeitet hatte, »Jeffersons Regierung«, Untertitel: »1. Die

›Revolution von 1800‹.« »›Als Thomas Jefferson‹«, las ich vor, »›Jahre später über die Ereignisse eines bewegten Lebens nachdachte, kam er zu dem Schluss, dass seine Wahl zum Präsidenten nicht weniger eine Revolution darstellte als die des Jahres 1776. Er hatte das Land vor Monarchie und Militarismus bewahrt und ihm die republikanische Schlichtheit wiedergegeben. Tatsächlich aber hatte die Gefahr der Monarchie nie bestanden; es war John Adams, der das Land vor dem Militarismus bewahrt hatte; ein wenig Schlichtheit kann nicht für revolutionär erachtet werden.‹«

Ich las weiter: »›Fisher Ames sagte voraus, unter einem ›jakobinischen‹ Präsidenten werde Amerika eine echte Schreckensherrschaft zu gewärtigen haben. Jedoch zählten die vier Jahre, die dann folgten, zu den ruhigsten der republikanischen Olympiaden, gekennzeichnet weder durch radikale Reformen noch öffentlichen Aufruhr ...‹« Und als ich mitten in diesem Satz aufblickte, sah ich, dass meine Mutter auf ihrem Stuhl fast eingeschlafen war. Ein Lächeln lag auf ihrem Gesicht. Ihr Sohn las ihr vor, was er am College lernte. Dafür hatten sich die Zugfahrt und die Busfahrt und vielleicht sogar der Anblick von Miss Huttons Narbe gelohnt. Zum erstenmal seit Monaten war sie glücklich.

Damit sie das weiterhin blieb, las ich weiter: »›... sondern durch den friedlichen Erwerb eines Territoriums, das noch einmal so groß war wie die Vereinigten Staaten. Die Wahl von 1800–1801 hatte keinen Wechsel der politischen Vorgehensweise zur Folge, nur einen Wechsel der Personen und eine Verlagerung des Machtzentrums von Massachusetts nach Virginia ...‹« Jetzt schlief sie fest, aber ich hörte nicht auf. Madison. Monroe. J. Q. Adams. Ich hätte bis Harry Truman weitergelesen, falls das nötig war, ihren Kummer darüber zu lindern, dass ich sie mit einem jetzt außer Kontrolle geratenen Mann allein zurückgelassen hatte.

Sie verbrachte die Nacht in einem Hotel in der Nähe des Krankenhauses und besuchte mich am nächsten Morgen, Montag, noch einmal, bevor sie mit dem Bus zum Bahnhof fuhr, um den Zug nach Hause zu nehmen. Ich sollte nach dem Mittagessen aus dem Krankenhaus entlassen werden. Am Abend zuvor hatte mich Sonny Cottler angerufen. Er hatte gerade erst von meiner Blinddarmoperation erfahren, und trotz unserer unerfreulichen letzten Begegnung – auf die keiner von uns anspielte – bestand er darauf, mich mit seinem Auto vom Krankenhaus abzuholen und zum College zurückzufahren, wo Dean Caudwells Büro bereits Vorsorge getroffen hatte, dass ich die nächste Woche in einem Bett der kleinen Krankenstation schlafen konnte. Dort konnte ich mich tagsüber ausruhen, wenn es nötig war, und im übrigen, Sport ausgenommen, am Unterricht teilnehmen. Danach sollte ich so weit sein, die drei Treppen zu meinem Zimmer in der Neil Hall hochzusteigen. Und ein paar Wochen danach sollte ich auch zu meinem Job im Gasthaus zurückkehren können.

An diesem Montagmorgen war meine Mutter wieder ganz die alte, ungebrochen und unzerbrechlich. Nachdem ich ihr von den hilfreichen Vorkehrungen des Colleges für meine Rückkehr erzählt hatte, sagte sie als erstes: »Ich werde mich nicht von ihm scheiden lassen, Marcus. Ich habe mich entschlossen. Ich werde ihn ertragen. Ich werde alles tun, was ich kann, um ihm zu helfen, falls irgend etwas ihm helfen *kann*. Wenn du das von mir willst, dann will ich es tun. Du willst keine geschiedenen Eltern haben, und ich will nicht, dass du geschiedene Eltern hast. Jetzt tut es mir leid, dass ich mir solche Gedanken überhaupt gestattet habe. Es tut mir leid, dass ich zu dir davon gesprochen habe. Dass ich das hier im Krankenhaus getan habe, wo du gerade anfängst, das Bett zu verlassen und wieder auf eigenen Füßen zu gehen – das war nicht richtig. Das war nicht fair. Ich bitte um Entschuldigung. Ich werde bei ihm bleiben, Marcus, durch dick und dünn.«

Mir kamen die Tränen, und ich hob beide Hände vor die Augen, als könnte ich meine Tränen so entweder verbergen oder mit den Fingern zurückhalten.

»Du kannst ruhig weinen, Markie. Ich habe dich schon andere Male weinen sehen.«

»Das weiß ich. Ich weiß, dass ich das kann. Aber ich will nicht. Ich bin nur einfach überglücklich …« Ich musste mich kurz unterbrechen, um meine Stimme wiederzufinden und mich davon zu erholen, dass ihre Worte mich wieder zu dem winzigen Geschöpf gemacht hatten, das nichts als sein Bedürfnis nach fortwährender Ernährung ist. »Ich bin einfach überglücklich, dass du das gesagt hast. Vielleicht ist sein Verhalten ja etwas Vorübergehendes. So etwas geschieht eben, wenn Leute in ein gewisses Alter kommen, oder?«

»Das glaube ich auch«, sagte sie beschwichtigend.

»Danke, Ma. Das erleichtert mich sehr. Ich konnte mir nicht vorstellen, wie er allein zurechtkommen sollte. Nur das Geschäft und seine Arbeit und nichts, wohin er abends nach Hause kommen könnte, an den Wochenenden ganz allein … unvorstellbar.«

»Das ist schlimmer als unvorstellbar«, sagte sie, »also stell es dir nicht vor. Aber jetzt muss ich dich im Gegenzug auch um etwas bitten. Weil für mich auch etwas unvorstellbar ist. Ich habe dich noch nie um etwas gebeten. Ich habe dich noch nie um etwas gebeten, weil ich das noch nie nötig gehabt habe. Weil du als Sohn ohne Fehl und Tadel bist. Du hast immer nur ein Junge sein wollen, der alles richtig macht. Du warst der beste Sohn, den eine Mutter sich nur wünschen kann. Aber jetzt muss ich dich bitten, dich künftig von Miss Hutton fernzuhalten. Denn dass du mit ihr zusammen bist, ist für *mich* unvorstellbar. Markie, du bist hier, um zu lernen, um dich mit dem Obersten Gerichtshof und Thomas Jefferson zu beschäftigen und dich auf das Jurastudium vorzubereiten. Du bist hier, um eines Tages ein Mitglied der Gemeinschaft zu sein, zu dem andere Menschen aufsehen und von dem sie Rat und Beistand erwarten. Du bist hier, damit du kein Messner wie dein Großvater und dein Vater und deine Vettern sein und bis an dein Lebensende in einer Metzgerei arbeiten musst. Du bist nicht hier, um wegen eines Mädchens in Schwierigkeiten zu geraten, das sich mit einer Rasierklinge die Handgelenke aufgeschnitten hat.«

»Eins«, sagte ich. »Sie hat sich nur eins aufgeschnitten.«

»Eins reicht. Wir haben nur zwei, und eins ist schon zuviel. Markie, ich werde bei deinem Vater bleiben, und als Gegenleistung verlange ich von dir, dass du dieses Mädchen aufgibst, bevor du so tief in diese Geschichte hineingerätst, dass du nicht mehr weißt, wie du herauskommen sollst. Ich möchte eine Abmachung mit dir treffen. Bist du dazu bereit?«

»Ja«, antwortete ich.

»Guter Junge! Mein großer, wunderbarer Sohn! Die Welt ist voller junger Frauen, die sich nicht die Handgelenke aufgeschnitten haben – die sich überhaupt nichts aufgeschnitten haben. Es gibt Millionen davon. Such dir eine von *ihnen* aus. Es braucht keine Jüdin zu sein, sie kann alles mögliche sein. Wir haben das Jahr 1951. Du lebst nicht in der alten Welt meiner Eltern und deren Eltern und deren Eltern. Warum solltest du auch? Diese alte Welt ist weit, weit weg, und alles darin ist längst verschwunden. Das einzige, was davon noch übrig ist, ist das koschere Fleisch. Und das reicht. Das ist genug. Es muss reichen. Sollte es wahrscheinlich. Alles andere kann weg. Wir drei haben nie wie die Leute in den Ghettos gelebt, und wir werden jetzt nicht damit anfangen. Wir sind Amerikaner. Geh aus, mit wem du willst, heirate, wen du willst, tu, was du willst, mit jeder, die du willst – Hauptsache, sie hat noch nie versucht, sich mit einer Rasierklinge das Leben zu nehmen. Eine junge Frau, die so tief verletzt ist, dass sie so etwas tut, ist nichts für dich. Alles auslöschen zu wollen, bevor das Leben überhaupt angefangen hat – nein und nochmals nein! Mit einer solchen Person hast du nichts zu schaffen, eine solche Person hast du nicht nötig, und wenn sie noch so sehr wie eine Göttin aussieht und dir noch so viele schöne Blumen bringt. Sie ist eine schöne junge Frau, das ist nicht zu bezweifeln. Offensichtlich ist sie gut erzogen. Aber vielleicht gibt es in ihrer Erziehung auch dunkle Flecken, die man nicht sofort sieht. So etwas kann man nie wissen. Man kann nie wissen, was sich wirklich in den Häusern der Leute abspielt. Wenn das Kind auf Abwege gerät, muss man als erstes die Familie betrachten. Trotzdem habe ich Mitleid mit ihr. Ich habe nichts gegen sie. Ich wünsche dem Mädchen alles Gute. Ich bete für sie, dass ihr Leben nicht aus dem Ruder läuft. Aber du bist mein einziger Sohn und mein einziges Kind, und ich trage nicht für sie Verantwortung, sondern für dich. Du musst jede

Beziehung zu ihr abbrechen. Du musst dir eine andere Freundin suchen.«

»Ich verstehe«, sagte ich.

»Wirklich? Oder sagst du das nur, um einer Auseinandersetzung aus dem Weg zu gehen?«

»Ich fürchte keine Auseinandersetzung, Mutter. Das weißt du.«

»Ich weiß, du bist stark. Du hast deinem Vater die Stirn geboten, und der ist kein Schwächling. Und du hast recht daran getan, ihm die Stirn zu bieten; unter uns gesagt, ich war stolz auf dich, weil du ihm die Stirn geboten hast. Aber ich will doch hoffen, das bedeutet nicht, dass du es dir anders überlegst, wenn ich wieder von hier abgereist bin. Das wirst du doch nicht tun, Markie? Wenn du wieder in die Vorlesungen gehst, wenn sie zu dir kommt, wenn sie weint und du ihre Tränen siehst – dann wirst du es dir nicht anders überlegen? Dieses Mädchen weint viel. Das erkennt man sofort, wenn man sie sieht. Sie ist randvoll mit Tränen. Wirst du ihren Tränen die Stirn bieten können, Marcus?«

»Ja.«

»Wirst du ihrem hysterischen Geschrei die Stirn bieten können? Ihrem verzweifelten Flehen? Wirst du dich von ihr abwenden können, wenn sie Schmerz leidet und dich anfleht, ihr zu geben, was du ihr nicht geben willst? Ja, zu einem Vater konntest du sagen: ›Das geht dich nichts an – lass mich in Ruhe!‹ Aber hast du auch die Kraft, die *dazu* nötig ist? Denn schließlich hast du ein Gewissen. Und ich bin stolz darauf, dass du ein Gewissen hast, aber dieses Gewissen kann auch dein Feind sein. Du hast ein Gewissen, du hast Mitgefühl, du kannst auch ganz reizend sein – also sag mir, bist du in der

Lage, diesem Mädchen, falls nötig, die Stirn zu bieten? Denn die Schwäche anderer Menschen kann dich ebenso besiegen wie ihre Stärke. Schwache Leute sind nicht harmlos. Ihre Schwäche kann gerade ihre Stärke sein. Ein so labiler Mensch ist eine Gefahr für dich, Markie, und eine Falle.«

»Mom, du brauchst nicht weiterzureden. Hör bitte auf. Wir haben eine Abmachung.«

Hier nahm sie mich in die Arme, in ihre Arme, die so stark, wenn nicht stärker waren als meine, und sagte: »Du bist ein gefühlsbetontes Kind. Gefühlsbetont wie dein Vater und alle seine Brüder. Du bist ein Messner wie alle Messners. Früher war dein Vater der Vernünftige, der Denker, der einzige, der einen Kopf auf den Schultern hatte. Jetzt ist er aus irgendwelchen Gründen genauso verrückt wie die anderen. Die Messners sind nicht bloß eine Familie von Metzgern. Sie sind eine Familie von Schreihälsen und eine Familie von Polterern und eine Familie von Leuten, die mit der Faust auf den Tisch hauen und mit dem Kopf durch die Wand wollen, und jetzt ist dein Vater aus heiterem Himmel plötzlich genauso schlimm wie alle anderen. Sei du es nicht. Sei du *größer* als deine Gefühle. Nicht ich verlange das von dir – das Leben verlangt es. Denn sonst wirst du von deinen Gefühlen weggeschwemmt werden. Du wirst ins Meer gespült und nie mehr gesehen werden. Gefühle können das größte Problem des Lebens sein. Gefühle können einem die schrecklichsten Streiche spielen. Das haben sie mit mir getan, als ich zu dir kam und sagte, dass ich mich von deinem Vater scheiden lassen will. Jetzt bin ich mit diesen Gefühlen fertig geworden. Versprich mir, dass du mit deinen ebenfalls fertig wirst.«

»Ich verspreche es dir. Ich werde damit fertig.«

Wir gaben uns einen Kuss, und indem wir vereint an meinen Vater dachten, schien uns die verzweifelte Hoffnung auf ein Wunder zusammenzuschweißen.

In der Krankenstation wurde ich zu einer schmalen Liege geführt – es war eine von dreien in einem ziemlich kleinen, hellen Raum mit Blick auf das Wäldchen, das zum Campus gehörte –, auf der ich die nächste Woche ruhen sollte. Die Schwester zeigte mir, wie man den Vorhang um das Bett herum zuzog, wenn man ungestört sein wollte, wies mich aber zugleich darauf hin, dass die anderen beiden Betten nicht besetzt seien, so dass ich das Zimmer fürs erste für mich allein hatte. Sie zeigte mir auch das Bad auf der anderen Seite des Flurs, dort gab es ein Waschbecken, eine Toilette und eine Dusche. Beim Anblick eines jeden dieser Gegenstände musste ich daran denken, wie meine Mutter das Bad im Krankenhaus geputzt hatte, nachdem Olivia uns verlassen hatte – nachdem Olivia gegangen war, um nie wieder aufgefordert zu werden, in mein Leben zu treten, sollte ich tatsächlich das Versprechen halten, das ich meiner Mutter gegeben hatte.

Sonny Cottler begleitete mich auf die Krankenstation und half mir, meine Sachen – Lehrbücher und ein paar Toilettenartikel – dorthin zu bringen, denn bei der Entlassung hatte der Arzt mir eingeschärft, dass ich nichts tragen oder heben durfte. Als Sonny mich in seinem Auto vom Krankenhaus zum College fuhr, hatte er gesagt, ich könne mich jederzeit an ihn wenden, wenn ich etwas brauchte, und mich für den Abend zum Essen im Verbindungshaus eingeladen. Er war so freundlich und aufmerksam wie nur möglich, und ich fragte mich, ob meine Mutter mit ihm über Olivia gesprochen hatte und ob er womöglich deswegen so beflissen war, weil er mich davon abhalten wollte, mich nach ihr zu sehnen und die Abmachung mit meiner Mutter zu brechen, oder ob er insgeheim plante, selbst wieder mit ihr auszugehen, nachdem ich ihr abgeschworen hatte. Dass er mir half, konnte meinen Argwohn nicht beschwichtigen.

Alles, was ich sah oder hörte, lenkte meine Gedanken auf Olivia zurück. Ich schlug Sonnys Einladung ins Haus der Verbindung aus und ging zu meiner ersten Mahlzeit nach der Rückkehr auf den Campus allein in die Mensa, in der Hoffnung, dort an einem der kleineren Tische Olivia zu treffen. Auf dem Rückweg zur Krankenstation machte ich einen Umweg am Owl vorbei, wo ich einen kurzen Blick hineinwarf, um zu sehen, ob sie dort vielleicht allein am Tresen aß; dabei wusste ich, dass ihr dieses Lokal genausowenig gefiel wie mir. Und die ganze Zeit, während ich nach einer Gelegenheit suchte, ihr zufällig zu begegnen, und die ganze Zeit, während ich feststellte, dass alles, angefangen beim Bad in der Krankenstation, mich an sie erinnerte, sprach ich zu ihr in Gedanken: »Du fehlst mir jetzt schon. Du wirst mir immer fehlen. Es wird nie mehr eine geben wie dich!« Und zwischendurch vernahm ich immer wieder ihr melodisches, unbeschwertes: »Ich schoss einen Pfeil hoch in die Luft / Wo fiel er hin? Das wusst ich nicht.« »Ach, Olivia«, dachte ich, indem ich, ebenfalls in Gedanken, einen Brief an sie zu schreiben begann, »du bist so wunderbar, so schön, so klug, so würdevoll, so klar, so unglaublich sexy. Was soll's, dass du dir die Pulsader aufgeschnitten hast? Das ist doch längst verheilt, oder? Du bist geheilt! Du hast mir einen geblasen – na und, ist das ein Verbrechen? Du hast Sonny Cottler einen geblasen – na und, wo ist …« Aber dieser Gedanke und der Schnappschuss, der ihn begleitete, war nicht so leicht zu bewältigen und ließ sich erst mit einiger Mühe auslöschen. »Ich möchte mit dir zusammensein. Ich möchte in deiner Nähe sein. Du *bist* eine Göttin – meine Mutter hatte recht. Und wer verlässt eine Göttin, nur weil seine Mutter es so haben will? Und meine Mutter wird sich nicht von meinem Vater scheiden lassen, ganz gleich, was ich tue. Es ist völlig ausgeschlossen, dass sie ihn mit den Katzen allein im Hinterzimmer des Ladens hausen lässt. Ihre Behauptung, sie wolle die Scheidung einreichen und sei bereits bei einem Anwalt gewesen, war nur ein Trick, um mich reinzulegen. Andererseits konnte es gar kein Trick gewesen sein, da sie mir bereits von der Scheidung erzählt hatte, bevor sie überhaupt etwas von dir wusste. Es sei denn, sie hätte schon vorher über Cottlers Verwandte in Newark von dir erfahren. Aber meine Mutter würde mich niemals so hinters Licht führen. Und ich könnte es umgekehrt auch nicht. Ich sitze in der Falle – ich habe ihr ein Versprechen gegeben, das ich nicht brechen kann, und wenn ich es halte, zerbreche ich daran!«

Oder vielleicht, dachte ich, brauchte sie es nicht zu erfahren, wenn ich das Versprechen nicht einhielt … Aber als ich am Dienstag in die Geschichtsstunde kam, gab es gar keine Möglichkeit, das Vertrauen meiner Mutter zu missbrauchen, denn Olivia war nicht da. Auch am Donnerstag fehlte sie. Und als ich am Mittwoch den Gottesdienst besuchte, sah ich sie dort ebenfalls nicht. Ich kontrollierte jeden Platz in jeder Reihe, und sie war nicht da. Und ich hatte gedacht: Wir werden den ganzen Gottesdienst hindurch nebeneinandersitzen, und alles, was mich jetzt verrückt macht, wird zu einer Quelle des Vergnügens werden, wenn ich Olivia mit ihrem bezaubernden Lachen neben mir habe.

Aber sie hatte die Schule verlassen. Das ahnte ich schon, als sie nicht zur Geschichtsstunde gekommen war, und bestätigte sich, als ich in ihrem Wohnheim anrief und mit ihr zu sprechen verlangte. Wer auch immer da abnahm, sagte: »Sie ist nach Hause gegangen« – höflich, aber doch auf eine Art, aus der ich schließen konnte, dass Olivia nicht einfach nur »nach Hause gegangen« war – dass vielmehr etwas geschehen war, über das niemand sprechen sollte. Als ich sie weder anrief noch sonst mit ihr Kontakt aufnahm, hatte sie wieder versucht, sich das Leben zu nehmen – das war die einzig logische Schlussfolgerung. Nachdem sie von meiner Mutter binnen zwanzig Minuten ein dutzendmal mit »Miss Hutton« angesprochen worden war, nachdem sie vergeblich darauf gewartet hatte, dass ich sie nach meiner Übersiedlung in die Krankenstation des Colleges endlich anrief, hatte sie genau zu dem Mittel gegriffen, das meine Mutter prophezeit hatte. Also hatte ich Glück gehabt! Eine selbstmordgefährdete Freundin, und jetzt war ich sie los! Jawohl, und nie zuvor so niedergeschlagen.

Und was, wenn sie nicht bloß versucht hatte, sich umzubringen – angenommen, es war ihr gelungen? Was, wenn sie sich diesmal beide Handgelenke aufgeschnitten hatte und im Wohnheim verblutet war – was, wenn sie es draußen am Friedhof getan hatte, wo wir an jenem Abend mit dem Auto gewesen waren? Nicht nur das College, sondern auch ihre Familie würde alles tun, um die Sache zu vertuschen. Und so würde niemand in Winesburg jemals erfahren, was geschehen war, und niemand außer mir würde wissen, warum. Es sei denn, sie hatte einen Abschiedsbrief hinterlassen. Dann würden alle mir die Schuld an ihrem Selbstmord geben – meiner Mutter und mir.

Ich musste zur Jenkins Hall zurück, in den Keller, und gegenüber der Campuspost eine Telefonzelle mit einer Falttür suchen, die sich fest verschließen ließ, um meinen Anruf zu machen, ohne dass jemand mithören konnte. Bei der Post lagerte kein Brief von ihr an mich – das hatte ich als erstes überprüft, nachdem Sonny mich in die Krankenstation gebracht hatte. Bevor ich telefonierte, fragte ich noch einmal nach, und diesmal überreichte man mir einen Collegeumschlag mit einem handschriftlichen Brief von Dean Caudwell:

Lieber Marcus,
wir alle freuen uns, Sie wieder auf dem Campus zu sehen und von Ihrem Arzt zu erfahren, dass Sie die Sache bestens überstanden haben. Ich hoffe, Sie werden Ihren Entschluss jetzt noch einmal überdenken und sich im Frühjahr doch bei unserer Baseballmannschaft melden. Das Team der kommenden Saison braucht einen hochgewachsenen Infielder, einen wie Marty Marion von den Cards, und Sie machen auf mich den Eindruck, als könnten Sie diese Rolle gut ausfüllen. Ich vermute, Sie sind schnell auf den Beinen, und wie Sie wissen, gibt es Möglichkeiten, auf Base zu kommen und Punkte zu erzielen, bei denen man den Ball nicht unbedingt über den Zaun schlagen muss. Ein Bunt, der einen Base Hit ermöglicht, kann eins der schönsten Dinge sein, die man im Sport überhaupt zu sehen bekommt. Ich habe bei Trainer Portzline bereits ein Wort für Sie eingelegt. Er freut sich schon darauf, Sie beim Probe-

training am 1. März begrüßen zu dürfen. Schön, Sie verjüngt wieder bei uns willkommen heißen zu können. Für mich ist das, als seien Sie in den Schoß der Winesburger Gemeinschaft zurückgekehrt. Ich hoffe, Sie sehen das ebenso. Wenn ich Ihnen irgendwie helfen kann, zögern Sie bitte nicht, mich in meinem Büro aufzusuchen.

        Hochachtungsvoll
        Hawes D. Caudwell
        Dean

Ich wechselte am Postschalter einen Fünfdollarschein in Vierteldollarmünzen, zog die schwere Glastür der Kabine zu und baute die Münzen in Stapeln zu je vier Stück auf der geschwungenen Ablage unter dem Telefon auf, in die ein G. L. seine Initialen zu ritzen gewagt hatte. Sogleich fragte ich mich, was für eine Strafe G. L. zu erwarten haben mochte, wenn er erwischt würde.

Ich war auf alles mögliche gefasst und jetzt schon so durchgeschwitzt wie damals in Caudwells Büro. Ich rief die Fernauskunft an und fragte nach Dr. Hutton in Hunting Valley. Und so einen gab es tatsächlich, einen Dr. Tylor Hutton. Ich notierte mir zwei Nummern, die von Dr. Huttons Praxis und die seiner Privatwohnung. Es war noch heller Tag, und da ich fest überzeugt davon war, dass Olivia nicht mehr lebte, beschloss ich in der Praxis anzurufen, denn bei einem Todesfall in der Familie würde ihr Vater doch wohl nicht arbeiten, und so hoffte ich, eine Sprechstundenhilfe an den Apparat zu bekommen und von ihr zu erfahren, was geschehen war. Mit ihren Eltern wollte ich nicht sprechen, aus Angst, sie könnten sagen: »Du bist das also, du bist dieser Junge – du bist der

Marcus aus ihrem Abschiedsbrief.« Nachdem die Fernvermittlung mich mit der Praxis verbunden und ich etliche Münzen in den Schlitz gesteckt hatte, sagte ich: »Hallo, ich bin ein Freund von Olivia«, wusste dann aber nicht mehr weiter. »Sie sprechen mit Dr. Huttons Praxis«, erklärte die Frau am anderen Ende. »Ja, ich möchte wissen, was mit Olivia passiert ist«, sagte ich. »Sie haben die Nummer der Praxis gewählt«, sagte sie, und ich legte auf.

Ich ging vom Hauptgebäude den Hügel hinunter zu den Mädchenwohnheimen und stieg die Treppen zur Dowland Hall hinauf, wo Olivia gewohnt hatte und von wo ich sie an dem Abend, der ihr Schicksal besiegelte, mit Elwyns LaSalle abgeholt hatte. Ich ging hinein, und hinter der Rezeption, die den Zugang zum Erdgeschoss und zum Treppenhaus versperrte, saß die diensthabende Studentin. Ich zeigte ihr meinen Ausweis und fragte, ob sie auf Olivias Etage anrufen und ihr ausrichten könne, dass ich draußen auf sie wartete. Ich hatte schon am Donnerstag, als Olivia zum zweitenmal nicht zur Geschichtsstunde erschienen war, dort angerufen und sie zu sprechen verlangt. Da hatte man mir gesagt: »Sie ist nach Hause gegangen.« »Wann kommt sie zurück?« »Sie ist nach Hause gegangen.« Und jetzt hatte ich also wieder nach ihr gefragt, diesmal persönlich, und wieder erhielt ich eine Abfuhr. »Ist sie für immer gegangen?« fragte ich. Die Studentin zuckte nur mit den Schultern. »Geht es ihr gut, haben Sie etwas von ihr gehört?« Sie brauchte lange, um sich eine Antwort auszudenken, entschied sich aber am Ende, mir keine zu geben.

Es war Freitag, der 2. November. Ich war seit fünf Tagen aus dem Krankenhaus und sollte ab Montag wieder die drei

Treppen zu meinem Zimmer in der Neil Hall emporsteigen, fühlte mich aber schwächer als zu der Zeit, als man mich für die ersten Schritte nach der Operation aus dem Bett geholt hatte. Von wem konnte ich mir bestätigen lassen, dass Olivia tot war, ohne mir zugleich den Vorwurf anhören zu müssen, dass ich es war, der sie getötet hatte? Würden die Zeitungen darüber berichten, wenn eine Studentin in Winesburg sich das Leben genommen hatte? Sollte ich nicht in die Bibliothek gehen und die Tageszeitungen von Cleveland durchforsten, um das herauszufinden? Das Lokalblatt, der *Winesburg Eagle*, und die Studentenzeitung, *The Owl's Eye*, hatten die Nachricht bestimmt nicht gebracht. Auf diesem Campus hätte man zwanzigmal hintereinander Selbstmord begehen können, und kein einziges Mal wäre man damit in dieses fade Käseblatt gekommen. Was hatte ich überhaupt an einem Ort wie Winesburg verloren? Warum saß ich nicht mit Spinelli im Newarker Stadtpark neben den Säufern und aß mein Mittagessen aus einer Papiertüte und spielte als Secondbaseman für das Robert Treat und genoss den großartigen Unterricht meiner Newarker Lehrer? Wenn nur mein Vater, wenn nur Flusser, wenn nur Elwyn, wenn nur Olivia –!

Als nächstes eilte ich von der Dowland zur Jenkins Hall zurück, rannte durch den Flur im Erdgeschoss zu Dean Caudwells Büro und fragte seine Sekretärin, ob ich ihn sehen könne. Sie ließ mich auf einem Stuhl gegenüber ihrem Schreibtisch im Vorzimmer warten, bis der Dean sein Gespräch mit einem anderen Studenten beendet hatte. Dieser andere entpuppte sich als Bert Flusser, den ich seit dem Auszug aus meinem ersten Zimmer nicht mehr gesehen hatte. Was hatte der bei dem Dean zu suchen? Oder eher: Warum war der nicht täglich bei dem Dean? Der musste doch immerzu mit ihm Streit haben. Der musste mit *jedem* immerzu Streit haben. Provokation und Auflehnung und Zensur. Wie kann man dieses Schauspiel tagein, tagaus durchhalten? Und wer außer Flusser würde ewig im Unrecht sein wollen, beschimpft und geschmäht, ein verachteter Einzelgänger, den niemand ausstehen konnte, ein widerliches Unikum? Welch besseren Ort als Winesburg gab es für einen Bertram Flusser, um ohne Unterlass in endlosen Strömen von Missbilligung zu schwelgen? Hier, in dieser Welt der Rechtschaffenen, war das Verhasste in seinem Element – mehr als man von mir sagen konnte.

Ohne Rücksicht auf die Anwesenheit der Sekretärin sagte Flusser zu mir: »Deine Kotzorgie – gute Arbeit.« Dann schritt er zur Ausgangstür, drehte sich um und zischte: »Ich räche mich an eurer ganzen Rotte.« Die Sekretärin tat so, als habe sie nichts gehört, und stand einfach auf, begleitete mich zur Tür des Dean, klopfte an und sagte: »Mr. Messner.«

Er kam hinter seinem Schreibtisch hervor, um mir die Hand zu geben. Der Gestank, den ich seinerzeit zurückgelassen hatte, war längst verflogen. Wie also hatte Flusser davon erfahren? Weil es sich herumgesprochen hatte? Weil die Sekretärin des Dean es sich zur Aufgabe gemacht hatte, die Geschichte überall herumzuerzählen? Wie ich dieses College hasste – diese scheinheilige Drecksbande.

»Sie sehen gut aus, Marcus«, sagte der Dean. »Sie haben ein paar Pfund abgenommen, ansonsten aber sehen Sie prächtig aus.«

»Dean Caudwell, ich weiß nicht, an wen sonst ich mich wenden soll in einer Sache, die mir sehr wichtig ist. Ich hatte ganz bestimmt nicht vor, mich hier zu übergeben.«

»Sie waren krank, Ihnen wurde schlecht, das Thema ist erledigt. Jetzt sind Sie auf dem Wege der Besserung, und bald sind Sie wieder ganz der alte. Was kann ich für Sie tun?«

»Ich möchte mich nach einer Studentin erkundigen«, fing ich an. »Sie war mit mir in Geschichte. Und jetzt ist sie weg. Als ich Ihnen erzählt habe, dass ich ein einziges Mal mit einem Mädchen ausgegangen bin, habe ich von ihr gesprochen. Olivia Hutton. Jetzt ist sie verschwunden. Keiner will mir sagen, wohin und warum. Ich möchte wissen, was mit ihr geschehen ist. Ich fürchte, ihr ist etwas Schreckliches zugestoßen. Ich fürchte«, fügte ich hinzu, »dass ich etwas damit zu tun haben könnte.«

Das hättest du nicht sagen sollen, sagte ich mir. Die schmeißen dich raus, weil du an einem Selbstmord beteiligt warst. Womöglich liefern sie dich sogar der Polizei aus. G. L. haben sie wahrscheinlich auch der Polizei ausgeliefert.

Ich hatte noch den Brief des Dean in der Tasche, in dem er mich »verjüngt« wieder im College willkommen hieß. Den hatte ich gerade erst abgeholt. Damit hatte er mich in sein Büro gelockt – so leicht hatte ich mich reinlegen lassen.

»Was haben Sie getan«, fragte er, »dass Sie auf diesen Gedanken kommen?«

»Ich bin mit ihr ausgegangen.«

»Ist dabei etwas passiert, wovon Sie mir erzählen wollen?«

»Nein, Sir.« Ein freundlicher handschriftlicher Brief – und schon hatte er mich zu sich gelockt. *Ein Bunt, der einen Base Hit ermöglicht, kann eins der schönsten Dinge sein, die man im Sport überhaupt zu sehen bekommt. Ich habe bei Trainer Portzline bereits ein Wort für Sie eingelegt. Er freut sich schon darauf, Sie beim Probetraining am 1. März begrüßen zu dür-*

fen ... Nein, es war Caudwell, der sich darauf freute, mich wegen Olivia auszuhorchen. Und ich war ihm prompt auf den Leim gegangen.

»Dean«, sagte er freundlich. »Sagen Sie einfach ›Dean‹ zu mir.«

»Die Antwort ist nein, Dean«, wiederholte ich. »Es ist nichts passiert, worüber ich mit Ihnen reden will.«

»Sind Sie sicher?«

»Absolut«, und plötzlich konnte ich mir den Abschiedsbrief vorstellen und begriff, dass ich gerade dazu verleitet worden war, einen Meineid zu begehen: »Marcus Messner und ich hatten Intimverkehr, und dann hat er mich fallenlassen wie eine Schlampe. Lieber bin ich tot, als mit dieser Schande leben zu müssen.«

»Haben Sie diese junge Dame geschwängert, Marcus?«

»Wie bitte? *Nein.*«

»Sind Sie sicher?«

»Absolut sicher.«

»Soweit Sie wissen, war sie nicht schwanger.«

»Richtig.«

»Sie sagen die Wahrheit?«

»Ja!«

»Und Sie haben nicht versucht, ihr Gewalt anzutun? Sie haben nicht versucht, Olivia Hutton Gewalt anzutun?«

»Nein, Sir. Niemals.«

»Sie hat Sie im Krankenhaus besucht, ist das richtig?«

»Ja, Dean.«

»Einer Mitarbeiterin des Krankenhauses zufolge ist zwischen Ihnen beiden dort etwas vorgefallen; etwas Anstößiges, das beobachtet und ordnungsgemäß protokolliert wurde.

Trotzdem behaupten Sie, Sie hätten dort nicht versucht, ihr Gewalt anzutun?«

»Ich hatte gerade eine Blinddarmoperation hinter mir, Dean.«

»Das ist keine Antwort auf meine Frage.«

»Ich habe noch nie in meinem Leben Gewalt angewendet, Dean Caudwell. Niemandem gegenüber. Das habe ich nie nötig gehabt«, fügte ich hinzu.

»Sie haben es nicht nötig gehabt. Darf ich fragen, was das zu bedeuten hat?«

»Nein, nein, Sir, das dürfen Sie nicht. Dean Caudwell, es fällt mir sehr schwer, darüber zu sprechen. Und ich werde wohl mit Recht annehmen dürfen, dass das, was zwischen mir und Olivia in meinem Krankenhauszimmer geschehen sein mag, ausschließlich uns beide etwas angeht.«

»Mag sein, mag aber auch nicht sein. Sollte es überhaupt jemals ausschließlich Sie beide etwas angegangen haben, so ist dies, wie mir sicher jedermann bestätigen würde, im Licht der Umstände nun nicht mehr der Fall. Ich denke, wir sind uns einig, dass Sie mich gerade aus diesem Grund aufgesucht haben.«

»Wovon reden Sie?«

»Dass Olivia nicht mehr hier ist.«

»Wo ist sie?«

»Olivia hatte einen Nervenzusammenbruch, Marcus. Sie musste mit dem Krankenwagen abgeholt werden.«

Sie, die aussah wie das blühende Leben, war mit dem Krankenwagen abgeholt worden? Sie, die mit dieser Intelligenz und dieser Schönheit und dieser Haltung und diesem Charme und diesem Geist gesegnet war? Das war ja fast noch schlimmer, als wenn sie gestorben wäre. Das klügste Mädchen weit und breit wird wegen eines Nervenzusammenbruchs mit dem Krankenwagen abgeholt, während alle anderen auf diesem Campus Selbsterforschung im Licht der biblischen Lehre betreiben und sich am Ende ganz großartig vorkommen!

»Ich weiß gar nicht genau, was ein Nervenzusammenbruch eigentlich ist«, gab ich zu.

»Man verliert die Kontrolle über sich. Alles ist einem zuviel, man knickt ein, man bricht auf jede erdenkliche Weise zusammen. Man hat seine Gefühle sowenig unter Kontrolle wie ein kleines Kind, und deswegen muss man ins Krankenhaus und betreut werden wie ein kleines Kind, bis man sich wieder erholt hat. Falls man sich jemals erholt. Das College ist mit Olivia Hutton ein Risiko eingegangen. Wir kannten ihre Vorgeschichte. Wir wussten, dass sie mit Elektroschocks behandelt worden war, und wir kannten die traurige Geschichte ihrer zahlreichen Rückfälle. Aber Dr. Hutton, ihr Vater, ist Chirurg in Cleveland und ein angesehener ehemaliger Student von Winesburg, und auf seine Bitten hin haben wir sie aufgenommen. Das ist weder für Dr. Hutton noch für das College gut ausgegangen, und vor allen Dingen ist es für Olivia nicht gut ausgegangen.«

»Aber geht es ihr gut?« Und als ich diese Frage stellte, hatte ich das Gefühl, selbst am Rande eines Zusammenbruchs zu sein. Bitte, dachte ich, bitte, Dean Caudwell, wir wollen vernünftig von Olivia sprechen, und nicht von »zahlreichen Rückfällen« und »Elektroschocks«! Dann wurde mir klar, dass er genau das tat.

»Wie ich bereits gesagt habe«, sagte er, »das Mädchen hatte einen Zusammenbruch. Nein, es geht ihr nicht gut. Olivia ist schwanger. Trotz ihrer Vorgeschichte hat es jemand fertiggebracht, sie zu schwängern.«

»O nein«, sagte ich. »Und wo ist sie jetzt?«

»In einer psychiatrischen Fachklinik.«

»Aber sie kann doch unmöglich auch schwanger sein.«

»Sie kann und sie ist es. Eine hilflose junge Frau, eine zutiefst unglückliche Person, die seit vielen Jahren unter psychischen und emotionalen Problemen leidet und nicht in der Lage ist, sich vor den Gefahren zu schützen, die im Leben einer jungen Frau lauern, ist von jemandem ausgenutzt worden. Von jemandem, der eine Menge zu erklären haben wird.«

»Ich war es nicht«, sagte ich.

»Was uns von Ihrem Benehmen als Patient des Krankenhauses zu Ohren gekommen ist, lässt auf etwas anderes schließen, Marcus.«

»Es ist mir egal, worauf das ›schließen lässt‹. Ich lasse mich nicht ohne jeden Beweis verurteilen. Sir, ich protestiere noch einmal dagegen, wie Sie mich darstellen. Sie stellen meine Motive falsch dar, und Sie stellen meine Handlungen falsch dar. Ich hatte mit Olivia keinen Geschlechtsverkehr.« Heftig errötend sagte ich: »Ich habe noch niemals mit irgendwem Geschlechtsverkehr gehabt. Niemand auf der Welt kann von mir schwanger sein. Das ist ausgeschlossen!«

»In Anbetracht alles dessen, was wir jetzt wissen«, sagte der Dean, »ist auch das schwer zu glauben.«

»Ach, Sie können mich mal!« Ja, kämpferisch, wütend, impulsiv – und zum zweitenmal in Winesburg. Aber ohne Beweise *durfte* mich niemand verurteilen. Ich hatte es satt, von allen so behandelt zu werden.

Er stand auf, aber nicht, um wie Elwyn auszuholen und

mir einen Schlag zu versetzen, sondern um sich in der ganzen Würde seines Amtes sehen zu lassen. Nichts bewegte sich außer seinen Augen, die mein Gesicht abtasteten, als sei dies schon für sich ein sittenwidriger Skandal.

Ich ging, und das Warten auf meinen Rauswurf begann. Ich konnte nicht glauben, dass Olivia schwanger war, sowenig wie ich glauben konnte, dass sie Cottler oder irgendeinem anderen in Winesburg außer mir einen geblasen hatte. Aber ob es nun stimmte oder nicht, dass sie schwanger war – schwanger, ohne mir davon zu erzählen; schwanger gewissermaßen über Nacht; schwanger vielleicht schon, bevor sie überhaupt nach Winesburg gekommen war; schwanger, vollkommen unmöglich, wie ihre Jungfrau Maria – ich selbst war in die Schalheit der am Winesburger College geltenden Sitten und Gebräuche und der dort herrschenden Honorigkeit hineingezogen worden, die jetzt mein Leben tyrannisierten, jener restriktiven Honorigkeit, die, wie ich nur zu bereitwillig folgerte, Olivia in den Wahnsinn getrieben hatte. Forsche nicht in der Familie nach der Ursache, Ma – sieh dir lieber genauer an, was die in Konventionen befangene Welt für unstatthaft hält! Sieh mich an, der bei seiner Ankunft hier so erbärmlich in Konventionen befangen war, dass er einem Mädchen nicht trauen konnte, weil es ihm einen geblasen hatte!

Mein Zimmer. Mein Zimmer, mein Zuhause, meine Einsiedelei, meine winzige Winesburger Zuflucht – als ich nach einem Marsch, der beschwerlicher war, als ich erwartet hatte, die lächerlichen dreieinhalb Treppen hinauf an jenem Freitag dort ankam, fand ich Bettlaken und Decken und Kopfkissen überall verstreut und die Matratze und den Fußboden übersät mit dem Inhalt meiner Schubladen, die allesamt weit aufgezogen waren. Unterhemden, Unterhosen, Socken und Taschentücher lagen zusammengeknüllt auf den abgetretenen Dielenbrettern, dazwischen Hemden und Hosen, die samt ihren Bügeln aus meinem schmalen Schrank gezogen und überall hingeworfen worden waren. Dann sah ich – in dem Winkel unter dem kleinen Dachfenster – den Müll: Apfelgehäuse, Bananenschalen, Colaflaschen, Keksschachteln, Bonbonpapier, Marmeladengläser, halb gegessene Sandwichs und Scheiben abgepackten Brots, beschmiert mit etwas, was ich zunächst für Scheiße hielt, was sich dann aber glücklicherweise bloß als Erdnussbutter herausstellte. Eine Maus tauchte aus dem Haufen auf und huschte unters Bett. Dann eine zweite Maus. Dann eine dritte.

Olivia. In rasender Wut auf meine Mutter und mich war Olivia hierhergekommen, hatte mein Zimmer durchwühlt und besudelt und dann Selbstmord begangen. Mich entsetzte die Vorstellung, sie könnte dieses irrsinnige Trauerspiel in ihrer Raserei damit beendet haben, dass sie sich hier auf meinem Bett die Handgelenke aufgeschnitten hatte.

Es stank nach verfaultem Essen, und genauso stark roch es nach etwas anderem, was ich aber nicht sofort identifizieren konnte, so gelähmt war ich von dem, was ich sah und was ich befürchtete. Direkt vor meinen Füßen lag eine umgestülpte Socke. Ich hob sie auf und hielt sie mir an die Nase. Die Socke, zu einer schrumpligen Masse zusammengebacken, roch nicht nach Fußschweiß, sondern nach angetrocknetem Sperma. Auch alle anderen Sachen, die ich aufhob und mir an die Nase hielt, rochen so. Alles war mit Sperma durchtränkt. Die Kleider im Wert von hundert Dollar, die ich im College Shop erstanden hatte, waren nur deshalb verschont geblieben, weil ich sie am Leib getragen hatte, als ich mit meiner Blinddarmentzündung zur Krankenstation gegangen war.

Als ich im Krankenhaus gelegen hatte, musste jemand in meinem Zimmer kampiert und Tag und Nacht in so ziemlich alles masturbiert haben, was ich besaß. Und das war natürlich nicht Olivia gewesen. Sondern Flusser. Das konnte nur Flusser gewesen sein. *Ich räche mich an eurer ganzen Rotte.* Und dieses Ein-Mann-Bacchanal war seine Rache an mir.

Plötzlich würgte es mich – der Schock, die Gerüche –, und ich trat aus der Tür und fragte den leeren Korridor, was ich Bertram Flusser getan hatte, dass er meine kümmerlichen Habseligkeiten so furchtbar malträtieren musste. Vergeblich versuchte ich zu begreifen, worin für ihn das Vergnügen bestanden habe mochte, alles zu besudeln, was ich besaß. Caudwell am einen Ende und Flusser am anderen; meine Mutter am einen Ende und mein Vater am anderen; die verspielte, entzückende Olivia am einen Ende und die zusammengebrochene Olivia am anderen. Und zwischen ihnen allen ich, der ich mich ungeschickt mit meinem törichten »Sie können mich mal« verteidigte.

Sonny Cottler erklärte mir alles, als er mit seinem Auto zu mir kam und ich ihn nach oben führte, um ihm mein Zimmer zu zeigen. Er stand neben mir in der Tür und sagte: »Er liebt dich, Marcus. Das sind die Beweise seiner Liebe.« »Auch der Müll?« »Ganz besonders der Müll«, sagte Sonny. »Der John Barrymore von Winesburg hat sich unsterblich verliebt.« »Ist das wirklich wahr? Flusser ist schwul?« »Vollkommen übergeschnappt und schwul bis in die Haarspitzen. Du hättest ihn mal in der *Lästerschule* sehen sollen, in Satinkniehosen. Auf der Bühne ist Flusser umwerfend komisch – ein perfekter Schauspieler, ein brillanter Komiker. Ansonsten hat er einen totalen Dachschaden. Außerhalb der Bühne ist Flusser ein Monster. Es gibt solche Monster wirklich, Marcus, und du bist jetzt an eins geraten.« »Aber das ist keine Liebe – das ist doch absurd.« »Vieles an der Liebe ist absurd«, erklärte mir Cottler. »Er beweist dir damit, wie potent er ist.« »Nein«, sagte ich, »wenn überhaupt, dann ist das Hass. Feindschaft. Flusser hat mein Zimmer in einen Müllhaufen verwandelt, weil er mich nicht ausstehen kann. Und was habe ich getan? Ich habe die verfluchte Schallplatte zerbrochen, mit der er mich nächtelang nicht hat schlafen lassen! Aber das war schon vor Wochen, als ich gerade erst hierhergekommen war. Und ich habe ihm eine neue gekauft – am nächsten Tag bin ich losgezogen und habe sie ihm ersetzt! Aber dass er so etwas Krasses und Zerstörerisches und Ekelhaftes tut, dass er mir das so lange nachträgt – das ergibt doch keinen Sinn. Man sollte annehmen, er sei meilenweit darüber erhaben, sich aus einem wie mir etwas zu machen – und statt dessen dieses Gezänk, dieser Streit, dieser Hass! Was jetzt? Was nun? Wie soll ich denn hier noch wohnen können?« »Fürs erste geht das nicht. Du bekommst heute abend ein Bett im Verbindungshaus. Und ich kann dir ein paar Kleider leihen.« »Aber sieh dir das Zimmer an, und wie das *stinkt*! Der will, dass ich mich in dieser Scheiße wälze! Großer Gott, jetzt muss ich wohl mit dem Dean reden, oder? Diesen Racheakt muss ich doch melden, oder?« »Wem? Dem Dean? Caudwell? Das würde ich dir nicht raten. Flusser wird nicht stillschweigend abtreten, Marcus, wenn du ihn verpfeifst. Sprich mit dem Dean, und er wird Caudwell erzählen, du seist der Mann seines Lebens. Sprich mit dem Dean, und er wird Caudwell erzählen, ihr zwei hättet eine Affäre und euch nur mal gerade gestritten. Flusser ist unser fieser Bohemien vom Dienst. Ja, sogar in Winesburg gibt es einen. Bertram Flusser lässt sich von niemand aufhalten. Wenn sie Flusser wegen dieser Sache rausschmeißen, zieht er dich mit – das garantiere ich dir. Mit dem Dean sprechen ist das *letzte*, was du tun solltest. Schau, erst streckt dich eine Blinddarmentzündung nieder, dann kommt Flusser und verdreckt alle deine Sachen – da kannst du natürlich nicht richtig denken.« »Sonny, ich kann es mir nicht leisten, von der Schule geworfen zu werden!« »Aber du hast doch gar nichts getan«, sagte er und zog die Tür meines stinkenden Zimmers zu. »Dir wurde etwas getan.«

Aber ich und meine Erbitterung hatten natürlich eine Menge getan, nachdem Caudwell mich beschuldigt hatte, Olivia geschwängert zu haben.

Ich mochte Cottler nicht und traute ihm nicht, und als ich in sein Auto stieg, um sein Angebot anzunehmen und mir von ihm eine Schlafstatt und ein paar Kleider geben zu lassen, da wusste ich schon, dass ich den nächsten Fehler beging. Er war aalglatt, er war großspurig, er bildete sich ein, nicht nur Caudwell, sondern auch mir überlegen zu sein. Ein Kind des nobelsten jüdischen Vororts von Cleveland, mit langen dunklen Wimpern und einem Grübchen im Kinn, mit zwei Auszeichnungen im Basketball, Vorsitzender des Gemeinsamen Rates der Studentenverbindungen, und das, obwohl er Jude war, bereits im zweiten Jahr in Folge – Sohn eines Vaters, der kein Metzger war, sondern Besitzer einer eigenen Versicherungsgesellschaft, und Sohn einer Mutter, die keine Metzgerin war, sondern Erbin eines Clevelander Kaufhausvermögens – Sonny Cottler war mir einfach zu gelackt, zu selbstsicher, auf seine Art gewiss aufgeweckt und klug, alles in allem jedoch das Muster eines jungen Mannes, dem es nur um Äußerlichkeiten ging. Für mich wäre es das Gescheiteste gewesen, auf der Stelle aus Winesburg zu verschwinden, nach New Jersey zurückzukehren und dort, auch wenn das Semester bereits zu einem Drittel abgelaufen war, alles daranzusetzen, mich wieder am Robert Treat einzuschreiben, bevor man mich zum Kriegsdienst einziehen konnte. Lass die Flussers und Cottlers und Caudwells hinter dir, lass Olivia hinter dir, nimm gleich morgen den Zug nach Hause, wo du es nur mit einem verwirrten Metzger zu tun hast und es sonst nichts gibt als dein fleißiges, derbes, korruptes, mehr oder weniger fremdenfeindliches irisch-italienisch-deutsch-slawisch-jüdisch-schwarzes Newark.

Aber in meinem aufgewühlten Zustand fuhr ich statt dessen zum Haus der Verbindung, wo Sonny mich seinem Verbindungskameraden Marty Ziegler vorstellte, einem freundlichen Jungen im ersten Semester, der aussah, als müsste er sich noch nicht rasieren; er stammte aus Dayton und schien Sonny zu vergöttern, er würde alles tun, was Sonny von ihm verlangte, er war der geborene Anhänger eines geborenen Führers und erklärte sich in der Abgeschiedenheit von Sonnys Zimmer sofort einverstanden, mich für nur anderthalb Dollar pro Sitzung beim Gottesdienst zu vertreten – meinen Namen auf die Anwesenheitskarte zu schreiben, sie beim Hinausgehen an der Kirchentür abzugeben und niemandem von unserer Abmachung zu erzählen, weder solange er das machte noch später, wenn die Sache abgeschlossen war. Er hatte das zutrauliche Lächeln eines Menschen, der von dem Wunsch durchdrungen ist, bei niemandem Anstoß zu erregen, und schien ebenso darauf aus, mir einen Gefallen zu tun, wie er Sonny einen Gefallen tun wollte.

Ziegler war ein Fehler, das wusste ich genau – der entscheidende Fehler. Nicht der böswillige Flusser, der College-Misanthrop, sondern der freundliche Ziegler – er war das Schicksal, das jetzt über mir hing. Ich staunte selbst, was ich da tat. Zum Mitläufer weder geboren noch gemacht, fügte auch ich mich dem geborenen Führer – nach einem Tag wie diesem war ich zu erschöpft und zu sehr aus dem Häuschen, um mich dagegen zu wehren.

»So«, sagte Sonny, nachdem mein frisch angeheuerter Stellvertreter das Zimmer verlassen hatte, »für den Gottesdienst haben wir gesorgt. War doch ein Kinderspiel, oder?«

So sprach der selbstbewusste Sonny, ich aber wusste schon zu diesem Zeitpunkt mit absoluter Sicherheit, ich wusste es wie der Sohn meines von Ängsten erfüllten Vaters, dass dieser übernatürlich gutaussehende jüdische Junge mit der aristokratischen Haltung des privilegierten Musterknaben, der es gewohnt war, Respekt einzuflößen und Gehorsam entgegengebracht zu bekommen und sich bei jedermann beliebt zu machen und mit keinem Menschen Streit zu haben und die bewundernde Aufmerksamkeit aller auf sich zu ziehen, der es genoss, in seiner kleinen Welt der Studentenverbindungen der Größte zu sein, dass er sich als der Engel des Todes entpuppen würde.

Es hatte schon stark geschneit, als Sonny und ich oben in meinem Zimmer in der Neil Hall gewesen waren; als wir das Verbindungshaus erreichten, hatte der Wind eine Geschwindigkeit von vierzig Meilen pro Stunde erreicht, und nun, etliche Wochen vor Thanksgiving, bedeckte der Blizzard vom November 51 die nördlichen Bezirke des Bundesstaats sowie die benachbarten Staaten Michigan und Indiana, dann den Westen von Pennsylvania und New York und schließlich nahezu ganz Neuengland mit Schnee und Eis, bevor er aufs Meer hinauszog. Um neun Uhr abends war über ein Meter Schnee gefallen, und es schneite immer noch, schneite geisterhaft, und kein Wind heulte mehr durch die Straßen von Winesburg, und die alten Bäume der Stadt schwankten und knarrten nicht mehr, und ihre vom Wind gepeitschten oder unter der Schneelast brechenden Äste krachten nicht mehr in die Gärten und blockierten nicht mehr Wege und Straßen – kein Laut vom Wind und den Bäumen, nur die fransigen Flocken wirbelten beharrlich weiter hernieder, als wollten sie alles Erschütterte in den höheren Regionen von Ohio zur Ruhe betten.

Kurz nach neun vernahmen wir das Tosen. Es schallte vom Campus her, der etwa eine halbe Meile von der Buckeye Street entfernt war, wo ich im jüdischen Verbindungshaus zu Abend gegessen und ein Bett und eine eigene Kommode – und ein paar von Sonnys frischgewaschenen Sachen, die ich dort hineinlegte – bekommen hatte und für diese Nacht und länger, falls ich wollte, als Zimmergenosse des großen Sonny eingeführt worden war. Das Tosen, das wir hörten, glich dem Tosen der Menge bei einem Footballspiel nach einem Touchdown, nur dass es nicht abschwoll. Es glich dem Tosen der Menge nach dem Gewinn einer Meisterschaft. Es glich dem Tosen, das sich am Ende eines erbitterten Krieges aus der siegreichen Nation erhebt.

Es begann in kleinstem Maßstab und auf die unschuldigste jungenhafte Weise: mit einer Schneeballschlacht auf dem leeren Innenhof vor der Jenkins Hall, mit vier Erstsemestern aus Kleinstädten in Ohio, unreife Jungen vom Lande, die aus ihrem Wohnheim gestürzt waren, um im ersten Schneesturm ihres ersten Herbstsemesters fern von zu Hause umherzutoben. Die höheren Semester, die sich zu ihnen gesellten, kamen zunächst nur aus der Jenkins Hall, doch als die Bewohner der beiden rechtwinklig dazu stehenden Wohnheime von ihren Fenstern aus das Treiben auf dem Hof sahen, strömten auch sie herbei, aus der Neil Hall, aus der Waterford Hall, und bald lieferten sich Dutzende von fröhlichen, ungestümen Jungen in Latzhosen und T-Shirts, in Trainingsanzügen und Pyjamas und manche gar nur in Unterwäsche eine temperamentvolle Schneeballschlacht. Binnen einer Stunde bewarfen sie einander nicht mehr mit Schneebällen, sondern mit Bierdosen, deren Inhalt sie im Kampfgetümmel in sich hineingeschüttet hatten. In dem reinen Schnee waren Flecken roten Bluts zu sehen, weil manche Platzwunden abbekommen hatten, getroffen waren von schwereren Geschossen, denn nun waren auch Lehrbücher und Papierkörbe und Bleistifte und Anspitzer und offene Tintenfässer dabei; die weit umherspritzende Tinte bekleckste den Schnee blauschwarz im Licht der elektrifizierten alten Gaslaternen, die anmutig an den Gehwegen standen. Doch die blutenden Wunden dämpften ihre Leidenschaft mitnichten. Der Anblick ihres Blutes in dem weißen Schnee mochte gar den Anstoß dazu gegeben haben, dass aus verspielten, sich unbekümmert an der Überraschung eines unerwartet frühen Schneefalls erfreuenden Kindern eine johlende Horde von Meuterern wurde, die ein kleiner Kader aufrührerischer älterer Studenten dazu antrieb, ihren lärmenden Leichtsinn zu maßlosem Übermut zu steigern, alles Ungezähmte in ihnen (trotz regelmäßigem Gottesdienstbesuch) hervorbrechen zu lassen, purzelnd und schlitternd den Hügel hinunter durch den tiefen Schnee zu stürmen und eine gewaltige Lustbarkeit zu beginnen, die niemand ihrer Generation von Winesburgern jemals vergessen sollte und die am nächsten Tag vom *Winesburg Eagle*, der die zornige Entrüstung der Gemeinschaft zum Ausdruck brachte, in einem emotionsgeladenen Leitartikel als »Großer Weißer Höschenklau vom College Winesburg« bezeichnet wurde.

Sie stürmten die drei Mädchenwohnheime – Dowland, Koons und Fleming Hall –, sprangen über den ungeräumten Schnee auf den Gehwegen hinab und dann die nicht freigeschaufelten Treppen hinauf zu den Eingängen und brachen die für die Nacht bereits festverschlossenen Türen auf, schlugen die Glasscheiben ein und öffneten die Schlösser von innen oder zertrümmerten die Türen einfach mit Fäusten, Füßen und Schultern, um, Schneeklumpen und zertrampelten Matsch hinter sich lassend, in die für sie verbotenen Räumlichkeiten vorzustoßen. Mühelos warfen sie die Tische des Aufsichtspersonals vor den Treppenhäusern um, strömten in die Korridore und von dort in die Schlafsäle und Zimmer der Mädchen. Während die Studentinnen auf der Suche nach einem Versteck in alle Richtungen rannten, rissen die Eindringlinge eine Schublade nach der anderen auf und durchwühlten und plünderten sämtliche Räume, um sich aller dort vorhandener weißer Höschen zu bemächtigen und diese mit Schwung aus den Fenstern auf den malerisch geweißten Hof zu schleudern, wo inzwischen einige hundert Verbindungskameraden, die sich von ihren außerhalb des Campus gelegenen Häusern durch die tiefen Schneewehen längs der Buckeye Street dorthin begeben hatten, zusammengelaufen waren, um an dieser für Winesburg höchst ungewöhnlichen Orgie teilzuhaben.

»Höschen! Höschen! Höschen!« Das Wort, für sie als Collegestudenten immer noch so berauschend wie zu Beginn der Pubertät, war der einzige von unten überschwenglich aufgenommene Schlachtruf, während oben in den Mädchenzimmern Scharen betrunkener Jungen – ihre Kleidung, ihre Hände, ihre kurzgeschorenen Haare und ihre Gesichter blauschwarz mit Tinte und karmesinrot mit Blut beschmiert und triefend von Bier und geschmolzenem Schnee – im großen wiederholten, was ein beflügelter Flusser in meiner Kammer unterm Dach der Neil Hall ganz allein angerichtet hatte. Nicht alle von ihnen, bei weitem nicht annähernd alle von ihnen, nur die ausgemachtesten Dummköpfe unter ihnen – insgesamt drei, zwei aus dem ersten und einer aus dem zweiten Studienjahr, alle tags darauf unter den ersten, die des Colleges verwiesen wurden – masturbierten in entführte Höschen, masturbierten ungefähr so schnell, wie man mit den Fingern schnipsen konnte, bevor ein jeder das feuchte, von ihm deflorierte und nach Ejakulat duftende Höschen in die emporgereckten Hände der frohlockenden Versammlung rotwangiger schneebedeckter Studenten schleuderte, die sie, drachengleich dampfenden Atem verströmend, frenetisch von unten anfeuerten.

Vereinzelt ließen sich tiefere Stimmen vernehmen, die im Namen all derer, die sich nicht mehr imstande sahen, dem herrschenden System moralischer Disziplin Folge zu leisten, unverblümt die eigentliche Wahrheit herausbrüllten – »Wir wollen Weiber!« –, doch im großen und ganzen waren die Aufrührer bereit, sich mit Höschen zu begnügen, Höschen, die viele von ihnen sich wie Mützen über den Scheitel stülpten oder, mit ihren Überschuhen hineinsteigend, hochzerrten, so dass sie die Intimbekleidung des anderen Geschlechts über ihren Hosen trugen, als hätten sie sich verkehrt herum angezogen. Unter den unzähligen Gegenständen, die in jener Nacht aus den offenen Fenstern flogen, befanden sich Büstenhalter, Hüfthalter, Binden, Salbentuben, Lippenstifte, Unterröcke, Nachthemden, ein paar Handtaschen, einige Münzen und Scheine amerikanischer Währung und eine Kollektion niedlich verzierter Hüte. Inzwischen hatte man auf dem Hof eine große Schneefrau gebaut, mit Brüsten versehen und mit Damenwäsche geschmückt – ein Tampon stak fesch in ihrem mit Lippenstift gemalten Mund wie eine weiße Zigarre, und als krönenden Abschluss trug sie auf ihrer aus einer Handvoll feuchter Dollarscheine errichteten Frisur einen wunderschönen Blümchenhut.

Wahrscheinlich wäre nichts von alledem passiert, wenn die Polizei es geschafft hätte, den Campus zu erreichen, bevor die harmlose Schneeballschlacht vor der Jenkins Hall außer Kontrolle geriet. Aber die Straßen von Winesburg und die Wege des Colleges wurden erst geräumt, als es zu schneien aufhörte, so dass weder die Beamten in den drei Streifenwagen der Gemeinde noch die Wachleute in den beiden dem Sicherheitsdienst des Campus gehörenden Autos in der Lage waren, anders als zu Fuß voranzukommen. Und als sie dann endlich auf dem Hof der Mädchenwohnheime anlangten, lag bereits alles in Trümmern, und das Chaos war so weit fortgeschritten, dass es sich nicht mehr eindämmen ließ.

Es bedurfte der Autorität von Dean Caudwell, weitere, noch groteskere Freveltaten zu verhindern – Dean Caudwell, der mit seinen ein Meter neunzig in Mantel und Schal gehüllt vorm Eingang der Dowland Hall stand und durch ein Megaphon in seiner bloßen Hand die Worte rief: »Winesburger, Winesburger, geht auf eure Zimmer zurück! Geht auf der Stelle, oder ihr werdet der Schule verwiesen!« Es bedurfte jener äußersten Warnung aus dem Munde des beliebtesten Dean dieser Schule (und der Tatsache, dass Achtzehneinhalb-, Neunzehn- und Zwanzigjährige, die nicht wegen Collegebesuchs zurückgestellt waren, von der Einberufungsbehörde geholt wurden), die auf dem Hof versammelten Scharen johlender Jungen zu zerstreuen und in Windeseile dorthin zurückzuscheuchen, wo sie hergekommen waren. Was diejenigen betraf, die im Innern der Mädchenwohnheime noch immer die Schubladen durchwühlten, so ließen sie erst, als Polizei und Campuswache in die Häuser drangen und auf der Jagd nach ihnen Zimmer für Zimmer durchkämmten, einer nach dem anderen davon ab, Höschen aus den Fenstern zu werfen – aus Fenstern, die bei nächtlichen Temperaturen von sieben Grad unter Null alle noch weit offenstanden –, und erst dann sprangen die Eindringlinge selbst aus den Fenstern der unteren Stockwerke von Dowland, Koons und Fleming Hall auf den dick mit Schnee gepolsterten Hof und rannten, falls sie sich bei ihrem Fluchtversuch nicht die Knochen brachen – wie es zweien von ihnen geschah – in Richtung Hügel davon.

Im späteren Verlauf dieser Nacht wurde Elwyn Ayers getötet. Natürlich war er, typisch für ihn, nicht an dem Höschenklau beteiligt gewesen, sondern hatte (den Aussagen eines halben Dutzends seiner Verbindungskameraden zufolge) nach Erledigung seiner Hausaufgaben den Rest des Abends in seinem LaSalle hinter dem Verbindungshaus verbracht, hatte dort bei laufendem Motor gesessen, um es warm zu haben, und war nur ab und zu ausgestiegen, um den rasch auf dem Dach, der Motorhaube und dem Kofferraumdeckel sich anhäufenden Schnee herunterzufegen und schließlich auch die vier Räder freizuschaufeln, die er sodann mit einem Satz fabrikneuer Schneeketten versehen hatte. Aus Freude am automobilen Abenteuer, um zu sehen, wie gut der starke 1940er viertürige Touring Sedan mit dem verlängerten Radstand und dem größeren Vergaser und den 130 Pferdestärken, das letzte der berühmten, nach dem französischen Forscher benannten Modelle, die GM jemals herstellte, im hochaufgetürmten Schnee der Winesburger Straßen zurechtkam, entschloss er sich zu einer Probefahrt. In der Stadt, wo der Bahnhofsvorsteher und sein Gehilfe während des gesamten Schneesturms die Gleise freigehalten hatten, versuchte Elwyn um Mitternacht offenbar, noch vor dem herannahenden Güterzug den Bahnübergang zwischen Main Street und Lower Main zu überqueren, wobei der LaSalle ins Schleudern geriet, sich auf den Schienen zweimal um seine Achse drehte und dann frontal vom Schneepflug des von Osten her nach Akron fahrenden Güterzugs erfasst wurde. Das Auto, in dem ich mit Olivia zum Essen und anschließend zum Friedhof gefahren war – ein historisches Fahrzeug, so etwas wie ein Denkmal in der Geschichte der Fellatio auf dem Winesburger Campus in der zweiten Hälfte des zwanzigsten Jahrhunderts –, schlitterte seitlich davon und krachte mit dem Dach auf die Lower Main, wo es explodierte und in Flammen aufging; Elwyn Ayers jr. starb offensichtlich schon bei dem Aufprall und verbrannte in den Trümmern des Autos, das ihm wichtiger als alles andere in seinem Leben gewesen war und dem an Stelle von Männern oder Frauen seine ganze Liebe gegolten hatte.

Wie sich ergab, war Elwyn nicht der erste, nicht einmal der zweite, sondern der dritte Winesburger Student, der in den Jahren seit Einführung des Automobils in das Leben Amerikas nicht dazu gekommen war, seinen Abschluss zu machen, weil er bei dem Versuch, noch vor dem Nachtgüterzug die Schienen zu überqueren, den kürzeren gezogen hatte. Er aber sah in dem starken Schneefall eine Herausforderung, die seiner und des LaSalle würdig war, und so trat mein ehemaliger Zimmergenosse nicht ins Schleppdampfergeschäft, sondern genau wie ich in das Reich ewiger Erinnerung ein, und hier wird er in alle Ewigkeit daran denken können, wie viel Spaß er daran gehabt hat, dieses großartige Auto zu fahren. Vor meinem inneren Auge stellte ich mir immer wieder den Augenblick des Aufpralls vor, als Elwyns kürbisförmiger Schädel an die Windschutzscheibe klatschte und ganz ähnlich wie ein Kürbis in hundert saftige Bröckchen aus Fleisch und Knochen und Hirn und Blut zersprang. Wir hatten im selben Zimmer geschlafen und zusammen gelernt – und jetzt war er tot, mit Einundzwanzig. Er hatte Olivia eine blöde Kuh genannt – und jetzt war er tot, mit Einundzwanzig. Als ich von Elwyns tödlichem Unfall hörte, war mein erster Gedanke, dass ich, hätte ich vorher gewusst, dass er sterben würde, niemals bei ihm ausgezogen wäre. Bis dahin waren die einzigen Toten, die ich kannte, meine zwei älteren Vettern gewesen, die im Krieg gefallen waren. Elwyn war der erste Tote, den ich nicht ausstehen konnte. Musste ich jetzt aufhören, ihn zu hassen, und Trauer um ihn empfinden? Musste ich jetzt so tun, als sei ich traurig, dass er tot war, als sei ich entsetzt, zu hören, wie er gestorben war? Musste ich ein langes Gesicht machen, zum Gedenkgottesdienst in seinem Verbindungshaus gehen und seinen Kameraden mein Beileid aussprechen, von denen mir viele als Säufer bekannt waren, die im Gasthaus oft hinter mir herpfiffen und nicht selten etwas zu mir sagten, das sich verdächtig nach »Jude« anhörte, wenn sie etwas bei mir bestellen wollten? Oder sollte ich versuchen, mir das Zimmer in der Jenkins Hall wieder zuweisen zu lassen, bevor es jemand anders bekam?

»Elwyn!« rufe ich. »Elwyn, kannst du mich hören? Ich bin's, Messner! Ich bin auch tot!«

Keine Antwort. Nein, hier gibt es keine Zimmergenossen. Andererseits würde er sowieso nicht antworten, dieser stumme, gewalttätige, miesepetrige Mistkerl. Elwyn Ayers, im Tod wie im Leben ein Rätsel für mich.

»Ma!« rufe ich als nächstes. »Ma – bist du hier? Dad, bist du hier? Ma? Dad? Olivia? Ist einer von euch hier? Bist du gestorben, Olivia? Antworte mir! Du warst das einzige, was Winesburg mir geschenkt hat. Wer hat dich geschwängert, Olivia? Oder hast du deinem Leben schließlich doch ein Ende gesetzt, du reizendes, unwiderstehliches Mädchen?«

Aber hier ist niemand, mit dem man reden kann; hier bin nur ich allein, nur mir selbst kann ich von meiner Unschuld erzählen, von meinen Ausbrüchen, meiner Aufrichtigkeit und der extrem kurzen Zeit der Seligkeit, die ich im ersten wirklichen Jahr meines Daseins als Mann und dem letzten Jahr meines Lebens erleben durfte. Dieser Drang, gehört zu werden, und niemand da, der mich hört! Ich bin tot. Der unaussprechliche Satz ist ausgesprochen.

»Ma! Dad! Olivia! Ich denke an euch!«

Keine Antwort. Keine Antwort zu erlangen, egal, wieviel Mühe man sich gibt, alles zu entwirren und sich selbst zu offenbaren. Alle sind weg, alle außer mir. Keine Antwort. Was für ein Trauerspiel.

Am nächsten Morgen berichtete der *Winesburg Eagle* in einer »Samstagsdoppelausgabe«, die sich ausschließlich mit den Ereignissen befasste, die der Schneesturm am College entfesselt hatte, dass in Wahrheit Elwyn Ayers jr., Abschlussklasse 1952, einziges Todesopfer der Nacht, die treibende Kraft hinter dem Höschenklau gewesen sei und bei dem Versuch, der Polizei zu entkommen, das rot blinkende Warnlicht am Bahnübergang überfahren habe – eine vollkommen hirnrissige Geschichte, die denn auch tags darauf widerrufen wurde, jedoch nicht bevor sie auf Seite eins des *Cincinnati Enquirer*, der Tageszeitung seiner Heimatstadt, nachgedruckt worden war.

Ebenfalls an diesem Morgen, um Punkt sieben Uhr, begann die Abrechnung auf dem Campus, und alle Studenten, die zugaben, an dem Höschenklau beteiligt gewesen zu sein, bekamen eine Schneeschaufel ausgehändigt – die Kosten dafür wurden auf die Schulgebühren für das Semester aufgeschlagen – und wurden in Schneeräumtrupps eingeteilt, deren Aufgabe es war, die Straßen und Wege des Campus von den achtzig Zentimetern Schnee zu befreien, die der Blizzard abgeladen und an manchen Stellen zu zwei Meter hohen Wehen zusammengeschoben hatte. Jeder Trupp wurde von einem älteren Studenten, der sich im Schulsport engagierte, angeführt und die ganze Aktion von Lehrern der Sportfakultät beaufsichtigt. Gleichzeitig wurden den ganzen Tag über in Caudwells Büro Befragungen durchgeführt. Bis zum Abend waren elf jüngere Studenten, neun Erstsemester und zwei Zweisemester, als Rädelsführer identifiziert und wurden, ohne dass sie die Möglichkeit erhielten, sich durch Buße beim Schneeräumen zu absolvieren (oder eine Suspendierung für die Dauer eines Semesters abzusitzen, wie es sich die Familien der Missetäter als schlimmste Strafmaßnahme erhofften, der sich ihre jungen Söhne für etwas zu unterziehen hätten, das sie als harmlosen Studentenulk darzustellen versuchten), ein für allemal der Schule verwiesen. Zu ihnen zählten die zwei, die sich beim Sprung aus den Mädchenwohnheimen Arme oder Beine gebrochen hatten; beide waren in ihren frischen weißen Gipsverbänden vor dem Dean erschienen und hatten dem Vernehmen nach mit Tränen in den Augen einen Strom von Entschuldigungen hervorgesprudelt. Aber sie baten vergeblich um Verständnis, geschweige denn um Gnade. Für Caudwell waren sie die beiden letzten Ratten, die das Schiff verlassen hatten, und jetzt konnten sie für immer draußen bleiben. Und jeder, der vor dem Dean seine Beteiligung an dem Höschenklau leugnete, später jedoch der Lüge überführt werden konnte, wurde ebenfalls fristlos hinausgeworfen, so dass die Gesamtzahl der Schulverweise bis zum Sonntag auf achtzehn stieg. »Ihr könnt mich nicht täuschen«, erklärte Dean Caudwell denen, die in sein Büro zitiert wurden, »und ihr werdet mich nicht täuschen.« Und er hatte recht: niemand tat es. Kein einziger. Am Ende nicht einmal ich.

Am Sonntag kamen nach dem Abendessen alle männlichen Studenten von Winesburg im Vortragssaal des Williamson Lit. Building zusammen, um sich eine Ansprache von Direktor Albin Lentz anzuhören. Als wir an diesem Abend zum Lit. Building stapften – kein Student durfte in der noch immer weitgehend zugeschneiten Stadt sein Auto benutzen –, erzählte mir Sonny von Lentz' politischer Karriere und den Mutmaßungen, die über seine weiteren Bestrebungen angestellt wurden. Für zwei Amtsperioden zum Gouverneur des benachbarten West Virginia gewählt, hatte er sich als zäher, streikbrechender Politiker erwiesen, bevor er während des Zweiten Weltkriegs als Staatssekretär ins Kriegsministerium gekommen war. Nach seiner erfolglosen Kandidatur für einen Sitz im US-Senat 1948 hatten ihm Geschäftsfreunde im Vorstand des Winesburger Colleges den Direktorenposten angeboten, und kaum auf dem Campus eingetroffen, verkündete er in seiner Antrittsrede, was er aus dem netten kleinen College im Norden Ohios zu machen gedachte: »einen Hort für den sittlichen Anstand und den Patriotismus und die hehren Prinzipien persönlichen Betragens, die von jedem jungen Menschen in diesem Land erwartet werden müssen, wenn wir aus dem weltweiten Kampf um moralische Überlegenheit, in den wir mit dem gottlosen Sowjetkommunismus eingetreten sind, als Sieger hervorgehen wollen«. Manche waren der Ansicht, Lentz betrachte den Direktorenposten in Winesburg, für den er jedenfalls als Pädagoge kaum qualifiziert war, lediglich als Sprungbrett für seine Kandidatur bei der Gouverneurswahl 1952 in Ohio. Im Falle eines Erfolgs wäre er der erste in der Geschichte des Landes, der als Gouverneur zwei verschiedene Bundesstaaten – beide stark industriell geprägt –

regiert hätte und damit als Bewerber bei der Nominierung des Präsidentschaftskandidaten der Republikaner für die Wahl 1956 gute Chancen haben würde, ein Mann, der in der Lage wäre, den Einfluss der Demokraten auf ihre traditionell der Arbeiterklasse angehörende Wählerschaft zu verringern. Bei den Studenten war Lentz freilich kaum für seine politischen Ambitionen bekannt, sondern für seinen ausgesprochen ländlichen Tonfall – er war der durch eigene Kraft emporgekommene Sohn eines Bergarbeiters aus Logan County, West Virginia –, der seinen pompösen Vortrag durchdrang wie ein Nagel, der seinerseits die Zuhörer durchdrang. Man wusste, dass er seine Worte nicht auf die Goldwaage legte und dass er unablässig Zigarre rauchte, eine Vorliebe, die ihm auf dem Campus den Beinamen »der allmächtige Stumpen« eingebracht hatte.

Er stand nicht hinter dem Katheder wie ein Professor bei der Vorlesung, sondern fest und breitbeinig auf seinen kurzen Beinen vor dem Katheder und begann in unheilvollem Fragemodus. An diesem Mann war nichts Verbindliches: ihm *musste* man zuhören. Er wollte sich nicht wie Dean Caudwell groß aufspielen, sondern die Zuhörer mit seiner schonungslosen Offenheit in Angst und Schrecken versetzen. Seine Eitelkeit hatte eine ganz andere Überzeugungskraft als die des Dean – sie war von keinerlei Mangel an Intelligenz getrübt. Selbstverständlich war er wie der Dean der Meinung, dass nichts im Leben so ernst zu nehmen sei wie die Regeln, doch äußerte er sein elementares Gefühl der Missbilligung (trotz gelegentlicher rhetorischer Ausschmückung) vollkommen unverhüllt. Nie zuvor war ich Zeuge solcher Erschütterung und Feierlichkeit gewesen – und solch fixierter Konzentration –, wie sie jetzt bei der versammelten Winesburger Studentenschaft zu spüren waren. Unvorstellbar, dass einer der Anwesenden es gewagt hätte, »Das ist ungehörig! Das ist nicht angemessen!« zu rufen. Der Direktor hätte ins Auditorium hinabsteigen und die Studenten mit einer Keule reihenweise niederschlagen können, ohne dass sich ein Gedanke an Flucht oder Widerstand erhoben hätte. Es war, als *hätte* man uns bereits niedergeschlagen – und als hätten wir die Prügel für all unsere Vergehen bereits dankbar in Empfang genommen –, bevor die Attacke überhaupt angefangen hatte.

Wahrscheinlich war der einzige Student, der es versäumt hatte, zu dieser als obligatorisch ausgerufenen Versammlung von Männern zu erscheinen, jener finstere, von Hass erfüllte Freigeist Bert Flusser.

»Ist einem von Ihnen hier zufällig bekannt«, hob Direktor Lentz an, »was an diesem Tag in Korea geschehen ist, an dem Tag, als ihr Helden beschlossen habt, Schimpf und Schande über den Namen einer angesehenen Einrichtung höherer Bildung zu bringen, deren Ursprünge in der Baptistischen Kirche liegen? An diesem Tag haben Unterhändler der UN und der Kommunisten in Korea eine provisorische Vereinbarung über eine Waffenstillstandslinie an der Ostfront dieses vom Krieg zerrissenen Landes erzielt. Ich gehe davon aus, dass Sie wissen, was ›provisorisch‹ bedeutet. Es bedeutet, dass barbarische Kampfhandlungen, wie wir sie in Korea erlebt haben – barbarisch wie nur irgend etwas, was amerikanische Streitkräfte in irgendeinem Krieg unserer Geschichte jemals erlebten –, dass ebendiese Kampfhandlungen jederzeit, zu jeder Tages- oder Nachtstunde wiederaufflammen und weitere Tausende und Abertausende junge Amerikaner das Leben kosten können.

Ist einem von Ihnen bekannt, was vor einigen Wochen in Korea geschehen ist, zwischen Samstag, dem 13. Oktober, und Freitag, dem 19. Oktober? Ich weiß, dass Sie wissen, was da geschehen ist. Am Samstag dem dreizehnten hat unsere Footballmannschaft unseren traditionellen Rivalen Bowling Green mit 41 zu 14 vernichtend geschlagen. Am Samstag darauf, dem zwanzigsten, haben wir meine Alma mater, die University of West Virginia, in einem Thriller besiegt, bei dem wir, die krassen Außenseiter, mit 21 zu 20 die Oberhand behalten haben. Welch ein Spiel für Winesburg! Aber wissen Sie auch, was in dieser selben Woche in Korea geschehen ist? Unserer Ersten Kavalleriedivision, der Dritten Infanteriedivision und meiner alten Einheit aus dem Ersten Weltkrieg, der Fünfundzwanzigsten Infanteriedivision, ist zusammen mit unseren britischen Alliierten und unseren südkoreanischen Alliierten ein kleiner Vorstoß am Old Baldy gelungen. Ein kleiner Vorstoß, der viertausend Opfer gekostet hat. Viertausend junge Männer wie Sie, tot, verstümmelt und verwundet, genau zu der Zeit, als wir Bowling Green und die UWV geschlagen haben. Haben Sie eine Vorstellung davon, wie glücklich Sie sich schätzen können, wie privilegiert Sie sind, dass Sie samstags hiersein und sich Footballspiele ansehen können, dass Sie samstags nicht erschossen werden, und montags, dienstags, mittwochs, donnerstags, freitags und sonntags auch nicht? Gemessen an den Opfern, die junge Amerikaner in Ihrem Alter in diesem grausamen Krieg gegen die Aggression der nordkoreanischen und chinesisch-kommunistischen Streitkräfte bringen – ich frage Sie, haben Sie gemessen daran irgendeine Vorstellung, wie kindisch, dumm und idiotisch Ihr Betragen sich nicht nur für die Bürger von Winesburg ausnimmt, sondern auch für die Bürger von Ohio und die Bürger der Vereinigten Staaten von Amerika, die aus ihren Zeitungen und aus dem Fernsehen von den schändlichen Ereignissen am Freitagabend erfahren haben? Sagen Sie mir, haben Sie sich als heldenhafte Krieger gesehen, als Sie die Wohnheime der Mädchen gestürmt und die Mädchen fast zu Tode erschreckt haben? Haben Sie sich als heldenhafte Krieger gesehen, als Sie die Privatsphäre ihrer Zimmer verletzt und Hand an ihre persönlichen Habseligkeiten gelegt haben? Haben Sie sich als heldenhafte Krieger gesehen, als Sie Dinge, die nicht Ihnen gehörten, an sich nahmen und zerstörten? Und diejenigen unter Ihnen, die sie angefeuert haben, die keinen Finger gerührt haben, um sie aufzuhalten, die ihren mannhaften Mut bejubelt haben – wie steht es mit *Ihrem* mannhaften Mut? Was wird der Ihnen helfen, wenn die Verhandlungen in Korea abgebrochen werden und tausend chinesische Soldaten brüllend über Sie in Ihrem Schützenloch herfallen? Und das werden sie, das garantiere ich Ihnen, mit schmetternden Hörnern und blitzenden Bajonetten! Was soll ich mit euch Kindern anfangen? Wo sind die Erwachsenen unter euch? Hat tatsächlich kein einziger von Ihnen daran gedacht, die weiblichen Bewohner von Dowland, Koons und Fleming zu *beschützen*? Ich hätte erwartet, dass hundert von Ihnen, zweihundert von Ihnen, dreihundert von Ihnen diesem infantilen Aufstand ein Ende machen! Warum haben Sie das nicht getan? Antworten Sie mir! Wo ist Ihr Mut? Wo ist Ihre Ehre? *Nicht ein einziger von Ihnen hat das kleinste Quentchen Ehre bewiesen! Nicht ein einziger von Ihnen!* Ich werde Ihnen jetzt etwas sagen, von dem ich nie geglaubt hätte, dass ich es einmal würde sagen müssen: Heute schäme ich mich, Direktor dieses Colleges zu sein. Ich schäme mich, ich bin angewidert, ich bin wütend. Ich möchte nicht, dass an meinem Zorn der geringste Zweifel besteht. Und mein Zorn wird noch lange Zeit nicht verraucht sein, das kann ich Ihnen versichern. Wie ich höre, haben achtundvierzig unserer Studentinnen – das sind nahezu zehn Prozent –, haben bereits achtundvierzig in Begleitung ihrer zutiefst schockierten und erschütterten Eltern den Campus verlassen, und ob sie zurückkommen werden, ist noch nicht abzusehen. Wenn ich von den Anrufen ausgehe, die ich von anderen besorgten Familien erhalten habe – und die Telefone sowohl in meinem Büro als auch in meinem Haus stehen seit Freitag nicht mehr still –, erwägt noch eine ganze Reihe weiterer Studentinnen, entweder das College für den Rest dieses Jahres zu verlassen oder Winesburg für immer den Rücken zu kehren. Ich kann nicht sagen, dass ich ihnen das übelnehme. Ich kann nicht sagen, dass ich von einer Tochter von mir erwarten würde, einer Bildungseinrichtung gegenüber loyal zu bleiben, wo sie nicht nur Schmähungen, Demütigungen und Ängsten ausgesetzt wurde, sondern von einer Horde Rabauken, die sich offensichtlich einbildeten, so etwas wie einen Befreiungskampf zu führen, mit physischer Gewalt bedroht wurde. Denn genau das seid ihr für mich alle miteinander, ob ihr aktiv teilgenommen oder nur nichts getan habt, die anderen davon abzuhalten – eine undankbare, verantwortungslose, infantile Horde gemeiner und feiger Rabauken. Eine Bande ungehorsamer Kinder. Wickelkinder ohne Zucht und Ordnung. Oh, und noch ein letztes. Ist einem von Ihnen zufällig bekannt, wie viele Atombomben die Sowjetunion in diesem Jahr 1951 bis jetzt gezündet hat? Die Antwort lautet: zwei. Damit haben unsere kommunistischen

Feinde in der UdSSR jetzt insgesamt drei Atombomben erfolgreich getestet, seit sie herausgefunden haben, wie man eine nukleare Explosion herbeiführt. Während wir als Nation uns der realen Möglichkeit eines unvorstellbaren Atomkriegs mit der Sowjetunion gegenüber sehen, führen die Helden vom Winesburger College ihre verwegenen Angriffe auf die Kommoden unschuldiger junger Frauen, die ihre Schulkameradinnen sind. Jenseits eurer Wohnheime steht eine Welt in Flammen, und ihr entflammt für Unterwäsche! Jenseits eurer Verbindungshäuser entfaltet sich Tag für Tag Geschichte – Kriege, Bomben, Massaker –, und ihr seid blind für das alles. Nun, lange werdet ihr nicht mehr blind sein! Ihr könnt so dumm sein, wie ihr wollt, ihr könnt, wie ihr es am Freitagabend getan habt, leidenschaftlich euren Wunsch signalisieren, dumm sein zu *wollen*, aber am Ende wird euch die Geschichte einholen. Geschichte ist nämlich nicht der Hintergrund – Geschichte ist die Bühne! Und ihr steht *auf* der Bühne! Oh, wie abscheulich ist eure erschreckende Unkenntnis eurer eigenen Gegenwart! Und das Abscheulichste von allem ist, dass es gerade diese Unkenntnis ist, die euch auszutreiben der angebliche Zweck eures Aufenthalts hier in Winesburg ist. Welcher Zeit glaubt ihr eigentlich anzugehören? Könnt ihr darauf antworten? *Wisst* ihr es? Habt ihr einen Begriff davon, dass ihr *überhaupt* irgendeiner Zeit angehört? Ich habe lange Jahre meines Berufslebens auf dem Schlachtfeld der Politik verbracht und als gemäßigter Republikaner die Fanatiker auf der Linken und die Fanatiker auf der Rechten bekämpft. Heute abend aber sind diese Fanatiker für mich gar nichts, verglichen mit euch, die ihr barbarisch auf gedankenloses Vergnügen aus seid. ›Schlagen wir über die Stränge!

Amüsieren wir uns! Wie wär's zur Abwechslung mal mit Kannibalismus?‹ Nun, meine Herren, hier nicht, nicht in diesen mit Efeu bewachsenen Mauern! Hier wird von denen, die in dieser Einrichtung die Verantwortung dafür tragen, dass die von Ihnen verhöhnten Ideale und Werte hochgehalten werden, nicht stillschweigend über solches Vergnügen an vorsätzlichen Freveltaten hinweggegangen. Dem muss Einhalt geboten werden, und dem *wird* Einhalt geboten werden! Der Aufstand ist niedergeschlagen. Die Rebellion ist erstickt. Von heute abend an ist alles und jeder wieder an seinem richtigen Platz und die Ordnung in Winesburg wiederhergestellt. Und der Anstand wiederhergestellt. Und die Würde wiederhergestellt. Und jetzt dürft ihr zügellosen Helden aufstehen und mir aus den Augen gehen. Und falls einige von Ihnen für immer von hier verschwinden wollen, falls einige von Ihnen der Meinung sind, dass die Regeln menschlichen Verhaltens und zivilisierter Zurückhaltung, die, damit Winesburg Winesburg bleibt, die Leitung dieses Colleges strikt durchzusetzen gedenkt, für Helden wie Sie nicht geschaffen sind – auch gut! Verschwinden Sie! Gehen Sie! Sie haben Marschbefehl! Pakken Sie Ihre rebellische Überheblichkeit und scheren Sie sich noch heute abend aus Winesburg fort!«

Direktor Lentz hatte die Worte »gedankenloses Vergnügen« mit einer solchen Verachtung ausgesprochen, als seien sie ein Synonym für »vorsätzlicher Mord«. Und so offenkundig war sein Abscheu gegen »rebellische Überheblichkeit«, als habe er damit den Namen einer Bedrohung genannt, die dabei war, nicht nur Winesburg, Ohio, sondern die ganze großartige Republik selbst zugrunde zu richten.

Aus und vorbei

Hier hört die Erinnerung auf. Morphium, eine Dosis nach der anderen in seinen Arm gespritzt, hatte den Gefreiten Messner in einen anhaltenden Zustand tiefster Bewusstlosigkeit versetzt, ohne jedoch seine Geistestätigkeit zu unterdrücken. Seit kurz nach Mitternacht war alles abgestellt außer seinem Kopf. Vor dem Augenblick des Stillstands, vor dem Augenblick, als sein Gedächtnis schwand und er sich an nichts mehr erinnern konnte, hatten die Morphiumspritzen den Tank seines Hirns aufgefüllt wie mit Gedächtnistreibstoff und gleichzeitig die Schmerzen der Verletzungen gedämpft, nachdem Bajonetthiebe ihm beinahe ein Bein vom Leib abgetrennt und seine Eingeweide und Genitalien zu Brei zerhackt hatten. Die Schützenlöcher, in denen sie eine Woche lang hinter Stacheldraht auf einem schroffen Bergrücken in Zentralkorea gelebt hatten, waren in der Nacht von den Chinesen überrannt worden, und überall lagen zerfetzte Leichen herum. Als ihr Sturmgewehr Ladehemmung hatte, waren er und sein Partner Brunson erledigt – noch nie war er von so viel Blut umgeben gewesen, nie seit seinen Kindheitstagen im Schlachthaus, als er bei der den jüdischen Vorschriften folgenden rituellen Tötung von Tieren zugesehen hatte. Und die Stahlklinge, die ihn aufschlitzte, war nicht weniger scharf und effizient als die Messer, mit denen in der Metzgerei das Fleisch für die Kunden geschnitten und zurechtgemacht wurde. Bemühungen zweier Sanitäter, die Blutung zu stillen und dem Gefreiten Messner Blut zu übertragen, erwiesen sich letztlich als nutzlos, und Gehirn, Nieren, Lungen und Herz – alles – stellten im Morgengrauen des 31. März 1952 ihren Dienst ein. Jetzt war er wirklich und wahrhaftig tot, aus und vorbei, auch die vom Morphium emporgerufenen Erinnerungen waren erloschen, und er war nur noch das Opfer seines letzten Konflikts, des grausamsten und grimmigsten Konflikts von allen. Sie zogen ihm seinen Poncho übers Gesicht, bargen aus seinem Gurtband die Handgranaten, die zu werfen er nie eine Chance gehabt hatte, und eilten zu Brunson zurück, der als nächster sein Leben aushauchte.

Bei den Kämpfen um den steilen numerierten Hügel auf dem schroffen Bergrücken in Zentralkorea erlitten beide Seiten derart massive Verluste, dass die Schlacht kaum anders als der ganze Krieg selbst zu einem Desaster des Fanatismus wurde. Die wenigen Verletzten, die nicht erstochen oder von Granaten zerfetzt worden waren, taumelten noch vor Sonnenaufgang von diesem numerierten Hügel hinunter, der in den Berichten aus unserem Krieg der Jahrhundertmitte als Massacre Mountain bekannt wurde und jetzt mit Leichen bedeckt und bar jedes menschlichen Lebens war wie in den vielen tausend Jahren, bevor sich für beide Seiten eine gerechte Sache ergab, für die einander zu vernichten sich lohnte. Allein in der Kompanie des Gefreiten Messner überlebten nur zwölf von zweihundert, und nicht ein einziger dieser verschont Gebliebenen schrie und heulte nicht und war nicht wahnsinnig geworden, unter ihnen der vierundzwanzigjährige Kommandant, dessen Gesicht von einem Gewehrkolben zerschmettert worden war wie von einem Baseballschläger. Die Kommunisten hatten ihren Angriff mit mehr als tausend Mann geführt. Die Verluste der Chinesen bezifferten sich auf acht- bis neunhundert. Sie rückten vor, starben, und die nächsten rückten vor, getrieben vom Trompetenschall des »Steht auf! Ihr, die ihr nicht Sklaven sein wollt!«, und später, auf dem Rückzug durch eine Landschaft aus Leichen und zerfetzten Bäumen, mähten sie mit Maschinengewehren ihre eigenen Verwundeten und alle von uns nieder, die sie dabei noch aufspürten. Die Maschinengewehre stammten aus russischer Produktion.

In Amerika erschienen am folgenden Nachmittag zwei Soldaten vor der Wohnungstür der Messners in Newark und teilten den Eltern mit, dass ihr einziger Sohn im Kampf gefallen war. Mr. Messner sollte sich von dieser Nachricht nie mehr erholen. Schluchzend sagte er zu seiner Frau: »Ich habe ihm gesagt, er soll aufpassen. Er hat mir nie zugehört. Du hast mich gebeten, die Tür nicht von innen abzuschließen, um ihm eine Lektion zu erteilen. Aber man konnte ihm keine Lektion erteilen. Die verschlossene Tür hat ihm keine Lektion erteilt. Und jetzt ist er nicht mehr da. Unser Sohn ist nicht mehr da. Ich hatte recht, Marcus, ich habe es kommen sehen – und jetzt bist du nicht mehr da! Das ertrage ich nicht. Das überlebe ich nicht.« Und so kam es. Als das Geschäft nach der Trauerzeit wieder öffnete, scherzte er niemals mehr unbekümmert mit seinen Kunden. Entweder arbeitete er, von seinem Husten einmal abgesehen, stumm vor sich hin, oder er murmelte den Leuten, die er gerade bediente, leise zu: »Unser Sohn ist tot.« Er rasierte sich nicht mehr regelmäßig, er kämmte sich nicht mehr die Haare, und bald blieben die ersten Kunden kleinlaut aus und suchten sich einen anderen koscheren Metzger in der Nähe, und mehr noch verlegten sich darauf, ihr Fleisch und ihr Geflügel von nun an im Supermarkt zu kaufen. Einmal achtete Mr. Messner so wenig auf das, was er tat, dass er mit dem Messer an einem Knochen abglitt und sich die Spitze in den Bauch rammte; Blut stürzte hervor, und er musste genäht werden. Alles in allem dauerte es achtzehn Monate, bis sein furchtbarer Verlust den unglücklichen Mann zu Tode folterte; er starb wahrscheinlich ein Jahrzehnt bevor das Emphysem sich so weit entwickelt hätte, dass es ihn hätte umbringen können.

Die Mutter war stark und wurde beinahe hundert, wenngleich auch ihr Leben für immer zerstört war. Nicht ein einziger Tag verging, an dem sie nicht das gerahmte Highschoolabschlussfoto ihres hübschen Jungen auf der Kredenz im Esszimmer betrachtete und an ihren verstorbenen Mann schluchzend die Frage richtete: »Warum hast du ihn aus dem Haus getrieben? Einmal aus der Haut gefahren, und sieh, was daraus geworden ist! Was spielte es für eine Rolle, um welche Zeit er nach Hause kam? Immerhin ist er jedesmal nach Hause gekommen! Und wo ist er jetzt? Wo bist du, mein Junge? Marcus, bitte, die Tür ist nicht verschlossen – komm nach Hause!« Sie ging dann zur Tür, der Tür mit dem berüchtigten Schloss, machte sie auf, zog sie weit auf und wartete wider besseres Wissen auf seine Rückkehr.

Ja, wenn nur dies und wenn nur das, dann wären wir alle für alle Zeiten zusammen und am Leben, und alles wäre gut. Wenn nur sein Vater, wenn nur Flusser, wenn nur Elwyn, wenn nur Caudwell, wenn nur Olivia –! Wenn nur Cottler – wenn er sich nur nicht mit dem überlegenen Cottler angefreundet hätte! Wenn sich Cottler nur nicht mit ihm angefreundet hätte! Wenn er nur nicht zugelassen hätte, dass Cottler diesen Ziegler als seinen Stellvertreter für den Gottesdienst anheuerte! Wenn Ziegler nur nicht ertappt worden wäre! Wenn er nur selbst zum Gottesdienst gegangen wäre! Wenn er nur die vierzig Mal dorthin gegangen wäre und die vierzig Mal seinen Namen auf die Liste geschrieben hätte, dann wäre er heute am Leben und hätte sich gerade aus seiner Anwaltspraxis zurückgezogen. Aber er konnte nicht! Konnte nicht wie ein Kind an irgendeinen blöden Gott glauben! Konnte sich ihre kriecherischen Lieder nicht anhören! Konnte nicht in ihrer heiligen Kirche sitzen! Und die Gebete, diese mit geschlossenen Augen gesprochenen Gebete – versteinerter, primitiver Aberglauben! Narrheit unser, die du bist im Himmel! Die Schändlichkeit der Religion, die Unreife, die Ignoranz, die Schmach dieser ganzen Veranstaltung! Wahnwitzige Frömmigkeit für nichts und wieder nichts! Und als Caudwell ihm sagte, er müsse, als Caudwell ihn in sein Büro zurückrief und ihm sagte, sie würden ihn in Winesburg behalten, wenn er nur Direktor Lentz schriftlich um Entschuldigung dafür bitte, dass er Marty Ziegler angeheuert hatte, an seiner Statt den Gottesdienst zu besuchen, und wenn er anschließend nicht vierzig Mal, sondern, als eine Form der Unterweisung ebenso wie als tätige Buße, insgesamt achtzig Mal höchstselbst den Gottesdienst besuche, also praktisch bis ans Ende seiner Collegezeit an jedem einzelnen Mittwoch den Gottesdienst besuche – was blieb Marcus übrig, was sonst konnte er tun, er, der Messner, der er war, er, der Schüler von Bertrand Russell, der er war, als mit der Faust auf den Schreibtisch des Dean zu schlagen und ihm abermals entgegenzuschleudern: »Sie können mich mal!«

Ja, das gute alte trotzige »Sie können mich mal«, und das

war's für den Metzgersohn, gestorben drei Monate vor seinem zwanzigsten Geburtstag – Marcus Messner, 1932–1952, der einzige seiner Klassenkameraden, der das Pech hatte, im Koreakrieg getötet zu werden, jenem Krieg, der am 27. Juli 1953 mit der Unterzeichnung einer Waffenstillstandsvereinbarung zu Ende ging, ganze elf Monate bevor Marcus, wäre er fähig gewesen, den Gottesdienst zu ertragen und den Mund zu halten, sehr wahrscheinlich als Jahrgangsbester sein Examen am Winesburger College gemacht hätte und auf diese Weise wohl erst später hätte erfahren müssen, was sein ungebildeter Vater ihm von Anfang hatte beibringen wollen: auf welch furchtbare, unbegreifliche Weise die banalsten, zufälligsten und sogar komischsten Entscheidungen die unverhältnismäßigsten Folgen haben können.

Historische Anmerkung

1969 erreichten die gesellschaftlichen Umwälzungen und Proteste der turbulenten 60er Jahre selbst das engstirnige, unpolitische Winesburg, und am achtzehnten Jahrestag der mit »November-Blizzard« und »Weißer Höschenklau« bezeichneten Ereignisse kam es zu einem unerwarteten Aufstand, in dessen Verlauf die Jungen und Mädchen die Büros der jeweils für sie zuständigen Deans besetzten und »Studentenrechte« für sich beanspruchten. Das College musste wegen des Aufstands eine ganze Woche geschlossen bleiben, und als danach der Unterricht wiederaufgenommen wurde, hatte keiner der Rädelsführer beiderlei Geschlechts, die bei den Verhandlungen über ein Ende des Aufstands der Collegeleitung neue Möglichkeiten zur Liberalisierung vorgeschlagen hatten, mit Rauswurf oder Suspendierung zu rechnen. Statt dessen wurde über Nacht – und zum Entsetzen keiner anderen Autoritäten als den inzwischen in den Ruhestand getretenen früheren Verantwortlichen – die Pflicht zum Gottesdienstbesuch ebenso abgeschafft wie praktisch alle Restriktionen und Hausordnungen, die seit über hundert Jahren das Betragen der Studenten regelten und in der Amtszeit von Direktor Lentz und Dean Caudwell so getreu und im Sinne der Tradition durchgesetzt worden waren.

Inhalt

Unter Morphium 9

Aus und vorbei 195

Historische Anmerkung 201

Quellennachweis

Die chinesische Nationalhymne erscheint hier als deutsche Übersetzung einer während des Zweiten Weltkrieges entstandenen englischen Übersetzung des von Tian Han und Nieh Erh nach der japanischen Invasion 1931 komponierten Liedes; es gibt auch andere Übersetzungen. Das Lied wurde zur Zeit des Zweiten Weltkriegs überall auf der Welt von denen gesungen, die China in seinem Kampf gegen das Kaiserreich Japan zur Seite standen. 1949 wurde es zur Nationalhymne der Volksrepublik China erklärt.

Ein Großteil der in dem Dialog auf den Seiten 92–94 Marcus Messner zugeschriebenen Ausführungen ist fast wörtlich Bertrand Russells Vortrag »Warum ich kein Christ bin« entnommen, gehalten am 6. März 1927 in der Londoner Battersea Town Hall, hier zitiert in der Übersetzung von Marion Steipe, München 1963.

Die Zitate auf den Seiten 146–147 stammen aus *The Growth of the American Republic* von Samuel Eliot Morison und Henry Steele Commager.